가끔은
까칠하게
말할 것

착한 사람들을 위한 처방전

가끔은 까칠하게 말할 것

초판 1쇄 발행 2015년 9월 4일
초판 2쇄 발행 2015년 11월 20일

지은이 후쿠다 가즈야
옮긴이 박현미
펴낸이 유정연

책임편집 김소영
기획편집 최창욱 최일규 **전자책** 이정 **디자인** 신묘정 이승은
마케팅 이유섭 최현준 **제작** 임정호 **경영지원** 박승남

펴낸곳 흐름출판 **출판등록** 제313-2003-199호(2003년 5월 28일)
주소 서울시 마포구 홍익로 5길 59, 남성빌딩 2층(서교동 370-15)
전화 (02)325-4944 **팩스** (02)325-4945 **이메일** book@hbooks.co.kr
홈페이지 http://www.nwmedia.co.kr **블로그** blog.naver.com/nextwave7
출력·인쇄·제본 (주)현문 **용지** 월드페이퍼(주) **후가공** (주)이지앤비(특허 제10-1081185호)

ISBN 978-89-6596-169-7 03830

• 이 책은 저작권법에 따라 보호를 받는 저작물이므로 무단 전재와 복제를 금지하며,
  이 책 내용의 전부 또는 일부를 사용하려면 반드시 저작권자와 흐름출판의 서면 동의를 받아야 합니다.
• 흐름출판은 독자 여러분의 투고를 기다리고 있습니다. 원고가 있으신 분은 book@hbooks.co.kr로
  간단한 개요와 취지, 연락처 등을 보내주세요. 머뭇거리지 말고 문을 두드리세요.
• 파손된 책은 구입하신 서점에서 교환해 드리며 책값은 뒤표지에 있습니다.

이 도서의 국립중앙도서관 출판시도서목록(CIP)은 e-CIP홈페이지(http://www.nl.go.kr/ecip)와 국가자료공동목록시스템
(http://www.nl.go.kr/kolisnet)에서 이용하실 수 있습니다. (CIP제어번호 : CIP2015022810)

my 는 흐름출판의 생활·예술·에세이 브랜드입니다. **Make Your Life, MY!**

착한
사람들을
위한
처방전

가끔은 까칠하게 말할 것

후쿠다 가즈야 지음
박현미 옮김

my

차
례

어른의 대화에 관하여

세상을 어느 정도 알고 있고, 성숙을 지향하며, 세련됨을 추구하는 사람을 위한 대화와 토론의 방법론에 대해 이야기하고 싶습니다.

얼핏 들으면 언어 예절의 방법론처럼 들릴 수도 있겠습니다. 하지만 똑같은 말에 관한 이야기라도 여기서는 단어를 어떻게 사용할 것인가의 문제, 즉 말투나 언어 예절을 문제로 삼고 있지는 않습니다. 어떤 말투로 이야기를 해야 하는가. 이것은 대화에 있어서 극히 부수적인 문제에 지나지 않는다고 말해도 과언이 아닙니다.

대화라는 것을 얼마나 절묘하게(즉, 목적을 실현하기 위해 효과적으로) 전개할 것인가는 말투의 문제가 아닙니다. 오히려 대화의 상대방, 장면, 문맥, 상황 등을 종합적으로 판단해서 그 자리에 부합하는 단어를 선택해야 합니다. 그런 판단을 위한 인식과 분석이 중요합니다.

그런데도 우리는 말이나 말투 자체, 혹은 말의 기술에만 얽매여 하루에도 수십 번씩 상처를 받거나 또는 상처를 주며 살아갑니다. 저는 이 책에 누구에게나 통할 수 있다고 하는 기술 하나를 더 보탤 생각은 없습니다. 그보다는 타인을 상대하는 나 자신을, 그리고 누군가와 대화하는 나 자신의 생각과 스타일에 대해 사색해 보기를 바라며 이 책을 썼습니다.

우리는 어려서부터 예의 바르게 행동하라고 배웠습니다. 그러나 이제 어른이 된 우리는 상대가 기계적인 미소와 90도로 숙인 인사를 보여줬다고 해서 그가 나를 존중한다고 생각할 만큼 단순한 세상에 살지 않습니다. 우리는 언제나 말은 진실되어야 한다고 배웠습니다만, 그 말이 곧 모든 진실을 다 말해야 한다는 것과 같은 뜻은 아닙니다.

이 세상은 매우 복잡합니다. 게다가 저는 이 세상이 그렇게 호락호락하지 않다는 전제를 갖고 살아갑니다. 진실은 언제나 승리하고, 거짓은 들통 나기 마련이라고 믿지 않습니다. 저토록 참기 힘든 악하고 무신경한 사람들 앞에서까지 늘 순진무구한 착한 사람으로 살아갈 수만은 없습니다. 산전수전을 다 겪은 노장들을 상대해야 할 때 나는 그보다 더 세련된 태도로 무장해야 합니다. 진위가 뒤섞인 혼란스러운 상황에서 중요한 것은 어쩌면 웃음과 유머입니다.

이 책에서는 '대화'라는 것에 관하여 종합적으로 생각해보고, 더 나아가 미적으로, 문화적으로 세련됨을 추구하는 대화의 방법론에 대해 이야기해 보고자 합니다. 때로는 섬세하고 아름답게, 때로는 뻔뻔하고 까칠하게, 그렇게 대화할 수 있는 사람이야말로 어른이라는 이름에 걸맞다고 할 수 있지 않을까요?

생각하고

의식할

것

악인의 자의식이란
무엇인가

당신은 대화의 기술을 알아보자는 가벼운 마음으로 이 책을 펼쳐 들었을지도 모릅니다. 다른 손으로는 과자를 집어 먹거나 음료수를 벌컥벌컥 들이켜고 있을지도 모르겠네요. 하지만 지금 이 책을 읽는 것은 중대한 경계선에 놓여 있거나 경계선을 넘는 일입니다. 느닷없이 으름장을 놓아서 죄송합니다만 대화에 대해 생각한다는 것이 중요한 의미를 갖는다는 점을 이해하기 바랍니다.

그런데 경계란 대체 무엇을 의미할까요? 바로 선善

과 악惡을 가르는 선입니다. 대화 기술을 생각하는 당신은 이미 악의 세계에 발을 들여놓았습니다.

'대화 기술을 생각하는 것이 왜 악의 영역에 들어가는 일이지?'라고 생각하는 분도 있을지 모르겠습니다.

혹시 제 말이 과장됐다고 생각하십니까? 제 말을 과장이라고 받아들인다면 당신의 인식 수준은 매우 얄팍하다고밖에 말할 수 없습니다. 대화, 즉 타인과 언어를 주고받는 것의 의미를 전혀 인지하지 못하고 있으니까요.

누군가에게 당신의 의견을 전달하려 한다고 생각해봅시다. 머릿속에서 떠오르는 대로 말한다면, 이를테면 생각나는 단어를 그대로 내뱉거나 밑도 끝도 없는 이야기를 불쑥 던진다면 당신은 착한 사람 혹은 순수하고 순진한 사람이라는 말을 듣겠지요. 소박하고 순수한 자신이 좋다고 생각한다면 이 책을 읽을 필요가 없습니다. 안녕히 돌아가십시오.

저는 생각나는 대로 말하는 것이 좋고 긴장감 없는 관계야말로 최고의 인간 관계라고 말하는 순진무구한 사람을 좋아하지 않을뿐더러 사귀고 싶지도 않습니다. 드러내서 할 말은 아니지만, 그런 사람들은 아름답지도 않습니다. 건강해 보일 수는 있어도 남의 시선을 끌 만큼 매력적이지 않습니다. 매력적이고 아름다운 사람 혹은 앞으로 그렇게 발전할 가능성이 있는 사람은 하고 싶은 이야기를 에둘러 표현하는 방법 정도는 생각해 낼 것입니다. 헛소리처럼 들릴 수도 있겠지만, 이것은 아주 중요한 포인트입니다.

내 생각을 전달하는 데 신경을 쓰는 사람은 자신의 의견이나 생각이 진실일지라도 타인에게는 진실로 받아들여지지 않을 수 있다는 점을 인식합니다. 자신과 타인 사이에는 어쩔 수 없는 간격이 있다는 사실을 자각하는 것이지요. 자신에게 당연한 일이라고 해서 타인에게도 당연한 것은 아닙니다. 오히려 이상하고 우스꽝스러울 수 있습니다. 이는 지극히 당연한 일입니다. 이렇게 인식해야 비로소 '나의 의견을 어떻게 표현해야 좋을까?'라는 의문이 생겨납니다.

이런 인식을 더욱 깊게 파헤쳐 보면, 인간은 근본적으로 서로의 마음과 정신을 있는 그대로 이해할 수 없고, 사람과 사람은 고립되어 있으며, 개인은 고독한 존재라는 절망이 숨어 있습니다.

"이봐, 나는 말할 때 주의를 기울이지만 당신 말처럼 인간에 대해 절망적이지는 않다고."

이렇게 말하는 사람도 분명히 있겠지요. 저는 다만 다른 사람과 대화할 때 자연스럽게 드러나는 당신의 진정한 인간관을 제가 제대로 인식한다는 얘기를 한 것뿐입니다. 타인을 무지막지하게 괴롭히면서 착하다고 착각하는 사람이 많습니다. 그런 자기 인식의 뒤틀림, 자기 인식 결여는 우아하지 않습니다. 남을 괴롭히지 말라는 얘기가 아닙니다. 남을 괴롭히려면 자신이 상대방을 괴롭힌다는 명확한 자기 인식을 하고 행동으로 옮기기 바랍니다.

이야기가 약간 빗나가 버리고 말았네요. 타인과 서로 이해하는 건 불가능하며 지극히 곤란하다는 의식을 가져야 합니다. 그러나 그렇다고 해서 침묵으로 도피하지 말고 타인에게 말을 건넬 용기를 내야 합니다. 하지만 이는 상당한 의지가 필요하고 쉬운 일도 아니기에 우리는 그런 절망을 의식하지 않으려고 애쓰는 것입니다.

고독에 절망한 나머지 대화를 포기하는 게 쉬울지도

모르지만 이는 무책임한 태도와 다를 게 없습니다. 무책임한 태도는 얼굴에도 드러납니다. 멍해 보입니다. 인간이기보다는 포유동물 같은 분위기를 내뿜고 맙니다. 순수한 사람의 얼굴로 보이지 않는다는 말입니다.

  절망을 앞에 두고도 할 말은 해야 합니다. 끝내 자신의 마음이 전달되지 않더라도 두뇌를 움직이고 온 마음을 다해 대화하면 그때 나타나는 긴장감과 과감함이 당신의 얼굴을 빛나게 만들어 줍니다. 그리고 그 빛나는 얼굴을 더욱 아름답게 만들어 주는 것이 '악의 자의식'입니다.

선의는 나를 지켜주는
편리한 변명거리

대화의 기술을 생각하는 일 자체가 '악'의 영역에 발을 들여놓는 것입니다. 대화에 대해 생각한다는 것은 사람과 사람은 선의만 있으면 서로 이해할 수 있다든가, 마음이 통할 수 있다는 기만에서 빠져나온다는 말이기도 합니다. '어떤 상황에서 특정한 상대에게 메시지를 전달하려고 할 때 어떤 말투나 음성으로 표현하는 게 좋을까?' 이런 고민을 하는 것은 이심전심으로 통하는 관계를 기대하지 않는다는 말과 같습니다.

　여러분은 매일 이런 고민을 하면서 생활하겠죠. 하

지만 악이라고 인식하지는 않을 것 같습니다. 바로 그 점이 부족한 부분 아닐까요? 부디 악에 대한 의식을 제대로 정립해 나가기 바랍니다. 이런 말을 하면 의외라고 생각할지도 모르겠습니다. 혹은 내 마음은 그게 아니라고 부정할 수도 있겠군요. 꿍꿍이셈을 꾸미곤 하지만 절대로 악인이 아니라고 말이죠.

악인惡人이란 자극적인 자기 긍정일지도 모릅니다. 한번 생각해 보세요. 이 세상에 선인善人만큼 참기 힘들고 무신경하며 지루한 인간이 과연 있을까요? 주위를 둘러보면 소위 말하는 착한 사람이 있을 것입니다. 선인이란 종족은 자기가 착하다고 믿습니다. 물론 그 혹은 그녀는 남을 해치는 나쁜 짓을 하지 않을지도 모릅니다. 아니면 남들이 좋아해 주기를 바라는 마음에서 착하게 행동했을 수도 있습니다.

하지만 남들이 좋아해 줄 거라고 기대한 일이 반드시 좋은 결과를 가져온다고 장담할 수 없는 것이 바로 우리가 살고 있는 세상입니다. 오히려 선의나 친절(이라고 착각하는 것)이 상대방에게 엄청난 부담을 주거나 피해를 입히는 일이 적지 않습니다.

1995년 고베 대지진이 일어났을 때, 일본 각지에서 피해 지역으로 많은 구호 물자를 보내 왔습니다. 그런데 당장 필요 없는 낡은 이불이나 헌옷이 섞여 있어 구호 물자를 접수하는 일이 너무 번거로워지자 지자체에서 신중히 생각하고 보내 주었으면 한다는 내용의 성명을 발표했더니, 선의로 한 일을 가지고 그런 소리를 한다며 항의했다고 합니다. 이처럼 선인들은 까다롭습니다.

선인은 그런 때 어떤 생각을 할까요? 그들은 자신의 선의에 반석 같은 자신감을 가진 만큼 상대방이 곤혹스러워하는 걸 의식하지 못합니다. 지적이라도 당하면 좋아할 줄 알고 한 일이라며 오히려 화를 냅니다.

선의란 자기 긍정을 위한 알리바이입니다. 착한 사람으로 지내는 것은 뒤죽박죽이고 엉망인 이 세상에서 자신을 완벽하게 지켜 주는 편리한 변명거리가 됩니다. "아니, 나는 좋아할 줄 알았지."라고 말하면 모든 걸 용서받고, 자신이 한 행위가 허용될 거라고 생각합니다. 제 경험으로도 남에게 상처 주거나 배신하고도 가장 태연한 사람들이 바로 '착한 사람'입니다.

반면 악인은 세상이 복잡하다는 전제를 가지고 살아갑니다. 선하게 살든 악하게 살든 이 세상이 호락호락하지 않다는 사실을 뼛속 깊이 알고 있습니다. 그러니 세상을 어떻게 받아들일 것인가와 별개로 타인의 반응에 민감하며, 무엇보다 자신이 하는 일에 선을 작용하건 악을 작용하건 의식적입니다.

의식적일 것. 자신은 순진무구한 존재가 아니라는 점을 의식해야 합니다. 의식적이란 것은 당연히 어른스럽다는 말도 됩니다. 자신이 착하다든가 순진무구하다든가 세상을 모른다는 점에 집착하여, 자신은 그렇기 때문에 용서받을 수 있다고 생각하는 것은 아주 어린애 같은 유치한 착각에 지나지 않습니다. 저는 이런 사람들을 곁에 두고 싶지 않습니다. 거추장스럽고 거치적거리기 때문입니다. 거치적거리지는 않더라도 도무지 말이 안 통해서 답답합니다.

운 좋게도 여러분은 어엿한 악인으로서 저와 함께 새로운 대화의 세계에 들어갈 것입니다. 단, 악은 어중간해서는 안 된다는 사실을 명심해야 합니다. 우리는 주변에서 '여우 짓 하는 여자'를 종종 봅니다. 잡초처럼 아무 곳에서나 무성하게 자랍니다.

여우 짓 하는 여자란 한마디로 '악'을 발휘하는 여자입니다. 권력을 쥔 사람에게 총애를 받거나 동료의 환심을 사고 싶으면 속이 빤히 들여다보일 만큼 귀여운 척을 하거나 섹시함을 드러내서 마치 마음이 있는 것처럼 접근해 옵니다. 그녀는 분명히 악의 의식은 갖고 있습니다. 다만 그 의식이 섬세하지 못하고 어정쩡합니다. 본인은 능수능란하다고 믿겠지만 주변 사람들의 눈에는 너무 노골적이고 어딘가 모자라 보입니다. 보기만 해도 불쾌해집니다.

여우 짓 하는 여자를 싫어하는 이유는 의식이 용의주도하지 않기 때문입니다. 악하긴 하지만 그 악이 한 방향을 향합니다. 자신이 상대에게 환심을 사려 한다는 점에 대해서는 나름대로 의식적이지만 제3자에게 어떻게 비칠지에 대한 의식이 전혀 없습니다. 어리석어 보일 뿐 아니라 안타까울 정도입니다. 의식이란 철저해야 합니다. 모든 일을 의식적으로 마주하려고 노력해야만 합니다.

그런 식으로 살면 의식이 과잉돼서 병에 걸릴지 모

른다고 생각할 수도 있겠지요. 틀린 말은 아닙니다. 그런데 어른이 되는 길은 혹독합니다. 마음이 약한 사람은 그 길을 걷기 힘듭니다. 다행히 한번 성숙을 향해 걸음을 내디디면 멈출 수 없습니다. 당신은 여우 짓 하는 여자의 처참한 무신경을 견딜 수 있나요? 아니라면 의식을 갈고닦을 수밖에 없습니다. 철저한 의식으로 무장한 자신감이야말로, 다시 말해 자신감의 의식적 표현이야말로 대화법의 핵심이기 때문입니다.

아
부
가

필
요
한

순
간

아부를
싫어하는 사람들

그럼 대화의 악에 대해 생각해 봅시다. 대부분의 사람들이 싫어하는 말은 거짓말과 아부입니다. 아부도 넓은 의미에서는 거짓이지만 거짓말은 말의 근본적인 문제라서 가볍게 다룰 수가 없습니다. 우선 아부에 대해 생각해 볼까 합니다.

아부는 왜 미움을 받을까요?

지나치게 단순한 방법으로 상대방의 환심을 사려는 행위인 데다 꿍꿍이를 적나라하게 드러내는 것이 꼴불견이고 얼굴이 화끈거리는 짓이기 때문입니다. 손발

이 오그라들 정도로 어설프고 빤한 아부를 하는 사람을 보면 진절머리가 나고, 그런 아부를 듣고 우쭐해하는 사람을 보면 측은하기까지 합니다. 한편 정말 싫어하는 사람의 말에 자기도 모르게 맞장구를 치거나 동조라도 해 버리면 자신이 혐오스러울 것입니다.

당신은 나는 그런 적 없다, 혹은 나는 절대로 아부하지 않는다고 말하겠지요. 정말 그렇게 생각한다면 대화에 대해 말할 자격이 없습니다. 마음에도 없는 소리를 해서 '정직한 자신'을 교묘하게 드러내려는 것은 재미는 있겠습니다. 하지만 그런 방법은 고도의 기술이 필요하기 때문에 어지간해서는 설득력을 갖기 힘들다고 봅니다.

이야기를 다시 되돌리면, 아부만큼 대화의 미묘함을 상징하는 것도 없습니다. 아부는 말하기의 어려움을 집약해서 보여 준다고 해도 좋습니다.

저는 문단이라는 곳에 서식하는데, 아부가 상당히 발달한 세계입니다. 작가란 족속들은 소설을 비롯해 다양한 글을 쓰는 만큼 자의식 과잉에다 허영심은 물론 시기심마저 강합니다. 옆집 아저씨처럼 푸근해 보이거나 속세와는 인연을 끊은 듯 보이는 사람이 많지만 그 이미지에 속아서는 안 됩니다. 백지에 문장을 만들어 나가는 고독한 작업이라 스스로를 쥐어짜지 않으면 도저히 버텨 낼 수 없습니다.

그런 세계다 보니 사교가 매우 중요합니다. 작가끼리는 물론이고 비평가나 편집자와도 미묘하면서 섬세한 아부를 주거니 받거니 남발합니다. 물론 재미있었다거나 감동했다는 진부한 아부는 허용되지 않습니다. 있는 기량 없는 기량 다 짜내서 저자가 가장 듣고 싶어하는 칭찬을 합니다. 아부가 제대로 정곡을 찔러야 비로소 어엿한 문인 소리를 듣습니다. 저의 솔직한 감상입니다. 말도 안 된다며 정색한다면 당신은 단순하기짝이 없는 한심한 사람에 지나지 않습니다. 아니면 응석받이거나.

문단은 좀 지나친 면이 있긴 하지만 어느 세계나 비슷할 것입니다. 힘 있고 에너지와 매력이 넘치는 남자는 모두 칭찬받는 데 익숙하고 사람들의 추종에 흠뻑빠져 삽니다. 그런 자들을 한방에 굴복시키는 아부를 하려면 어떻게 해야 할까요? 이런 생각을 해 본 적은 없나요? 어떤 방법을 동원해서 산전수전 다 겪은 노장들을 기쁘게 할 것인가? 이런 노력이야말로 세상을 활기차게 살아가기 위해서는 꼭 필요합니다. 아부나 하려고 갖은 술수를 동원하다니 부끄럽지 않으냐고 애송이 같은 소리를 한다면 온갖 잡귀가 창궐하는 이 세상에서 자신만의 길을 개척하기란 불가능합니다.

'어떻게 아부할 것인가'라는 의식을 가지고 상대방을 관찰해 보기 바랍니다. 그 사람에게 부족한 점은 무엇인가? 그 사람은 무엇을 잘하고, 무엇에 불안감을 느끼는가? 그 사람은 뛰어난 점을 칭찬해 주면 기뻐하는 유형인가, 아니면 자신 없는 부분을 칭찬받기 원하는 유형인가?

의식을 갖고 공략해서 칭찬해 주면 아무리 침착하고 빈틈을 보이지 않는 성숙한 사람이라도 우쭐해할 부분이 반드시 있습니다. 그 부분을 진지하게 응시해서 작전을 세워 보면 상대방의 환심을 살 것입니다. 게다가 인간을 제대로 관찰하는 데 이보다 더 좋은 기회는 없습니다.

아부란 이처럼 재미있습니다. 물론 아부에도 다양한

유형이 있습니다. 상대방의 심장을 꽉 움켜쥐고 자기 것으로 만들어 버리는 필살의 어퍼컷 같은 아부가 있는가 하면, 잽보다 가벼우면서 감질나게 만드는 아부도 있습니다. 둘 다 도저히 무시할 수 없을 만큼 효과적입니다.

제 친구는 좋은 평가를 못 받는 프로젝트를 진행하는 학자에게 그 연구 성과에 대해 있는 말 없는 말로 칭찬을 남발한 적이 있습니다. 친구에게는 그 사람과 잘 지내야 할 필요가 있었는데, 그 말을 듣자마자 학자의 얼굴이 기쁨으로 물들어 가는 표정이 쳐다보기 민망할 정도였다고 합니다. 단번에 상대방을 휘어잡은 것이지요.

그 친구처럼 선명한 공격은 학자나 배우 등 세상 물정을 잘 모르는 사람들에게만 가능한 방법입니다. 보통은 조금 무뚝뚝하게, 화기애애하지 않은 분위기에서 마지못해 인정하듯 상대방의 성과를 칭찬하는 미묘한 뉘앙스를 사용해야 설득력이 있습니다.

아부는 때로 경멸의 표현이 되기도 합니다. 노골적으로 마음에도 없는 찬사를 바치는 아부는 가장 뛰어난 경멸의 표현이 될 수 있습니다. 파티에서 도저히 존경할 수 없는 정도가 아니라 말도 섞기 싫은 작가와 둘만 남은 터라 말을 한마디도 안 할 수 없는 거북한 상황이 일어나곤 합니다. 이때 "흥!" 하고 시선을 회피하며 일어서는 것은 어린애나 할 짓입니다.

그렇다고 갑자기 악담을 퍼붓는 짓(그것도 나름대로 꽤 매력적인 행위라고는 생각하지만)도 할 수 없는 분위기일 때는 가벼운 아부를 짤막하게 던져 보는 것도 좋습니다. 영업 실적이 부진하다고 소문 난 회사의 판매 담당자에게 "회사가 변함없이 견실하더군." 하고는 그 자리를 떠납니다. '견실하다=시답잖다'는 점을 알아챘더라도 그 말만 가지고 벌컥 화를 낼 수는 없습니다.

순간적으로 상대방을 당황하게 만들면서 시간이 지나면 자신을 얕잡아봤다며 굴욕감이 솟구치게 만드는 아부를 고안해 내는 것이야말로 더할 나위 없이 스릴 넘치는 즐거움 아닌가요?

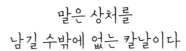

말은 상처를
남길 수밖에 없는 칼날이다

아부는 경멸의 표현이 되기도 하지만 더 나아가 효과적인 공격 수단, 칼날이 될 수도 있습니다. 조준만 잘하면 상대방의 심장을 깊숙이 찔러서 목숨을 끊어 놓기도 합니다. 당신이 끔찍이도 싫어하는 상사가 있다고 칩시다. 생리적으로도 맞지 않는 데다 그의 인격을 도저히 참을 수가 없습니다. 제발 이 세상에서 좀 사라져 줬으면 좋겠다 싶을 정도로 싫습니다. 감정적으로 싫다는 데 그치지 않고 크고 작은 피해도 입었습니다.

이런 상대에게는 어떤 식으로 행동해야 할까요? 앞

에서 대놓고 비난하거나, 혹은 동료들과 여론을 조성하여 그 자리에서 내쫓는다는 정면 공격도 생각해 볼 만합니다. 이런 방식은 정공법이고 성공하면 속이 후련해질 것입니다.

하지만 현실적으로는 불가능한 얘기입니다. 그가 주는 피해가 너무나 선명하여 주위 사람들까지 다 알아야 할 뿐만 아니라, 회사 입장에서도 그의 존재 자체가 중요하지 않으며 오히려 짐 덩어리라는 조건을 다 충족해야 겨우 실현될 수 있습니다.

설령 실현했다고 해도 주동자는 그 나름의 피해를 각오해야 합니다. 모반은 참가자들을 흥분시킵니다. 그러나 모반이 성공한 순간 참가자들 사이에는 죄악감이 퍼지고, 그 죗값의 무게가 힘들어진 나머지 선동한 자에게 책임을 묻기 때문입니다. 소심한 선인들 사이에서 흔히 일어나는 일입니다.

그렇다면 손을 놓고 있어야 할까요? 아니면 복수랍시고 커피에 침을 뱉거나, 비품을 감추거나, 비방하는 이메일을 흘리는 식으로 괴롭혀야 하나요? 물론 이런 식의 공격이 무시할 수 없는 효과를 가져올 때도 있습니다. 주위의 비판적인 시선에 둔감하더라도 자신감을 상실해서 엄청난 스트레스를 겪을 것이고, 마음고생을 하다 병에 걸리거나 큰 실수를 저지를지도 모릅니다.

이런 방법을 어떻게 생각하나요? 이런 식의 괴롭힘은 아무리 봐도 천박합니다. 여러분도 한번쯤은 생각해 봤겠지만 실행하고 싶은 마음은 들지 않았을 겁니다. 우아함이라고는 전혀 찾아볼 수 없으니까요.

커피에 침을 뱉느니 차라리 비소를 넣으라고 하면 잔인하다고 하겠지만, 독을 넣는 편이 당당한 살인이라는 의미에서는 더 낫다고 봅니다. 체사레 보르자 Cesare Borgia(마키아벨리《군주론》의 실제 모델인 르네상스 시대 이탈리아 전제군주. 정치 수완이 뛰어났지만 잔인한 암살을 자행한 냉혹한 현실주의자로 불린다.─옮긴이 주)처럼 세련이 극에 달한 독살범도 있으니까요.

누군가를 괴롭히는 일은 방법이 어떻든 비열합니다. 게다가 들키기라도 하면 남들 앞에서 얼굴을 들고 다닐 수가 없습니다.

정면에서 싸울 수도 없고 괴롭히는 건 비열해서 싫다면 싸울 수단이 전혀 없는 걸까요? 그렇지는 않습니다. 이런 상황에 가장 효과적인 무기인 아부가 있지 않습니까? 왜 아부가 무기일까요? 아부는 교묘하게 내던지면 상대방을 무방비 상태로 만들고 인식을 그르치게 만들기 때문입니다. 무엇에 무방비하게 만들까요? 바로 상대의 약점에 대해 무방비 상태로 만듭니다. 아부는 치명적인 공격 목표인 약점에 대해 무방비 상태를 만들며 인식을 그릇되게 만들고 의식하지 못하게 하고 여기서 더 나아가 조장할 수 있습니다.

예를 들어 설명 능력이 확연히 떨어지거나 직장 동료들에게 인정받지 못하는 상사가 있다고 합시다. 당신이 그를 제거하고 싶다면, 그가 품고 있는 불안감을 철저하게 깨부술 만한 말을 내비칩니다. 단, 제3자가 있을 때 그런 말을 던지면 제3자는 '이 자식, 큰 착각이라도 하는 거 아니야?'라고 생각할 테니 삼가야겠지요.

그 상사는 자신의 약점을 알고 있기에 무슨 수를 써야 한다, 방식을 바꿔야 한다, 아니면 공부를 더 해야 한다고 생각하는 동시에 다른 한편으로는 '내가 뭐가 나빠? 내 방식에 대해 무슨 불만이야?'라고 믿을 것입니다. 이때 당신이 그의 커뮤니케이션 능력을 높게 평가해 준다면 어떻게 될까요? 당신이 젊은 여성이라면 남자 친구한테만 보여 주는 미소로 깊은 신뢰감을 나타내면서 "대리님의 프레젠테이션은 언제나 이해가 쏙쏙 잘되고 도움이 많이 돼요."라고 말합니다.

그 순간부터 우둔한 상사는 당신의 얼굴을 떠올리며 약점에 대한 불안감을 가볍게 지워 버립니다. 나아가 그에게 살의를 품은 당신에게 강한 호감을 갖습니다. 더 나아가서는 '저 여자는 내가 좋은 모양이군.' 하고 먹은 음식이 튀어나올 것 같은 끔찍한 망상을 하며 행복감을 맛볼 것입니다. 너무 행복한 나머지 스토커 행위를 하거나 추악한 성희롱을 하면 곤란하겠지만, 아부를 공격 수단으로 사용할 만큼 의식 수준이 높은 당신이라면 어이없는 비극은 피할 수 있으리라 봅니다.

이런 식으로 그가 회복할 기회를 없애고, 약점 때문에 실수를 범해도 감싸 줘서 반성할 기회조차 없애 버린다면 조만간 자신의 지위를 잃을 것입니다.

좀 더 주의 깊게 관찰하고 머리를 쓰면 기회는 많다는 사실을 발견할 것입니다. 경박한 사람을 오냐오냐 떠받들다 파멸로 몰아넣는 일쯤은 식은 죽 먹기입니다. 게다가 이 방법은 의도가 전혀 드러나지 않습니다.

다시 한번 강조하건대 말은 사람들이 서로를 이해하거나, 서로 친해지거나, 서로를 위로해 주는 장난감이 아닙니다. 싸움을 위한 무기이고 싸우든 사랑하든 상처를 남길 수밖에 없는 칼날입니다.

상대를
긴장시킬 것

상당히 자극적인 아부에 대해 말했는데, 좀 더 부드럽고 유연한 아부도 있습니다. 부드럽다고 말하면 이해가 안 될 수도 있겠군요. '이래도 그만 저래도 그만'인 정도라고 해 둘까요? 이래도 그만 저래도 그만이라는 말이 전혀 쓸모 없다거나 주의를 기울이지 않아도 된다는 소리처럼 들리겠지만 그렇지는 않습니다. 공격적인 아부보다 훨씬 더 중요합니다.

이 세상에서 벌어지는 일들은 대개 '이래도 그만 저래도 그만'입니다. 이래도 그만 저래도 그만이라는 말이 무책임하게 들릴 수도 있겠군요. 특별히 의미 있거나 인상 깊은 일이 없다는 말로 바꾸겠습니다.

어제 아니면 지난 주 어느 하루를 떠올려 보기 바랍니다. 당장 떠오르는 사건이나 강한 인상을 남긴 일이 없을 것입니다. 우리는 대부분의 시간을 의식하지 않고 평이하게 흘려보내며 살아갑니다. 하루하루의 기분이나 어느 하루의 좋고 나쁜 이미지는 특별히 기록할 만한 사건들이 만들어 내는 게 아닙니다. 일상이란 기억조차 나지 않는 사사로운 일들의 연속 아닌가요?

이러한 사실을 제대로 인식했다면 아부도 같은 방식으로 접근해 보십시오. 인사를 주고받으면서 단순히 사교로 건네는 말과 다르게, 그렇다고 딱히 강조하지 않으면서 상대방의 복장, 외모 혹은 최근의 행동이나 활동을 칭찬합니다. 다만 칭찬이 대화의 흐름을 끊어서는 안 됩니다.

단순한 윤활유에 불과할 뿐 아니냐고 반문할지도 모르겠습니다. 물론 그것이 전부가 아닙니다. 가볍게 건넨 칭찬이 당신의 인상을 결정하는 경우가 생기기도 합니다. 상대방이 단순한 성격이라면 당신의 칭찬에 기분이 좋아져서 당신과 좀 더 함께 할 시간을 만들고 싶다, 오랫동안 칭찬에 흠뻑 취하고 싶다는 망상을 부풀릴 것입니다. 반면 생각이 깊은 편이라면 이 사람이 왜 이렇게까지 칭찬하는 걸까, 그 꿍꿍이는 뭘까 하고 가벼운 경계심을 품을 것입니다. 힘들게 아부했는데 경계당하면 어떻게 하나 싶겠지만 세상은 그렇게 단순하지 않습니다.

이 세상을 살아가려면 주변에서 당신을 의식하도록 적당한 긴장감을 유지해야 합니다. 방심하게 만들어서 경계심을 풀게 해야 하는 상대도 있지만, 보통은 적당하게 경계하도록 만드는 편이 좋습니다. 이 사람에게 바보 같은 말이나 행동을 하면 그냥 넘어가지 않을 것 같다, 창피를 당할지도 모른다는 인상을 줄 필요가 있습니다. 특히 회사 사정이 안 좋은 경우에는 더더욱 긴장감을 안겨 줘야 합니다. 시답잖은 괴롭힘을 당하거나 전근이나 퇴직의 대상이 되지 않기 위해서도 상대방이 긴장감을 갖게 하십시오.

긴장하게 만드는 방법은 다양합니다. 간담을 서늘하게 만든다, 위협한다, 능력이나 연줄을 과시한다…. 물론 큰 효과를 발휘할 수 있지만, 많은 경우 격렬한 반발을 불러일으키기도 합니다.

반면 아부 때문에 생긴 경계는 상대방이 그에 걸맞게 의식적이고 민감한 경우 대놓고 문제화하기 힘들다는 특성이 있습니다. 제3자의 눈에 다소 미심쩍게 비쳐진다고 해도 문제로 받아들일 가능성은 낮은 법입니다. 다만 상대방의 특성을 고려해야 하고, 상당히 수준 높은 기술도 필요합니다.

이해를 돕기 위해 예를 들어 설명하겠습니다. 소니의 음악 디렉터인 사카이 다다토시酒井忠利. 그는 일본의 원조 아이돌 스타인 야마구치 모모에山口百惠를 키운 사람입니다. 그는 텔레비전에 나오면 마음에도 없어 보이는 칭찬을 지나칠 정도로 해댑니다. 탤런트 누구누구는 정말 멋지다든가, 감동을 받았다든가, 그 노력에 감탄을 금치 못했다든가 하는 말을 늘어놓습니다.

하지만 좋은 이미지를 위해 뱉어 내는 영혼 없는 말처럼 들리지 않습니다. 한마디 한마디가 마음에도 없는 말인 건 분명한데 얼간이처럼 보이거나 경박하게 느껴지지 않습니다. 자신감에 가득 차서 침착한 표정으로 아부를 입에 담는 모습을 보면 말로는 표현하기 힘든 존재감이 떠오릅니다.

 이런 사람은 무슨 생각을 하는지 알 수 없어서 두렵기도 합니다. 그의 직원이나 주변 사람들은 상당히 긴장할 것 같습니다. 큰 소리 한 번 내지 않고 그 자리를 휘어잡는 것은 누구나 할 수 있는 일이 아닙니다. 아무리 큰 소리를 내고 폭언을 퍼붓고 질타를 해도 주위를 휘어잡으며 긴장감을 주지 못하는 사람이 훨씬 많습니다. 부드러운 태도로 마음에도 없는 칭찬을 하며 주위를 긴장시킨다면 이보다 더 우아할 수 없겠지요.

세련되게 험담하기

험담은
재미있는 대화 도구

지금까지 아부의 공격적인 성격을 말했습니다. 많은
사람들은 말로 하는 공격엔 험담이 한 수 위라고 생각
할 것 같습니다. 대놓고 공격할 때는 험담이 더할 나위
없이 효과적입니다. 그런데 험담을 무기로만 본다면
험담의 효능을 절반 혹은 70퍼센트 이상 보지 못한 것
입니다.

　험담의 효능이라고 하면 고개를 갸웃거릴 분이 많을
것 같습니다. 사회 생활을 할 때 험담은 백해무익이라
는 인식이 강한데, 틀린 말은 아닙니다. 이미 세상을 뜬

정치가 다케시타 노보루竹下登는 다나카 가쿠에이田中角榮의 후임으로 오랜 세월 자민당의 권력 중추를 쥐었던 인물인데, 오부치小渕 전 총리도 다케시타의 제자였습니다. 다케시타는 라이벌인 오자와 이치로小沢一郎와 대조적으로 철저하리만큼 자신을 드러내지 않았습니다. 리더십을 숨기고 또 숨긴 채 일을 벌이기 전에 여러 번의 사전 작업을 거침으로써 모든 관계자의 체면을 세워 주며 움직여 나갔습니다.

동지를 늘리는 것뿐만 아니라 최대한 적을 만들지 않으려는 세심한 배려를 무기 삼아 적과 동지 모두에게 신임을 얻었습니다. 이런 식으로 자민당 안의 다른 파벌뿐만 아니라 야당 안에서도 추종자를 만들어 관계, 재계, 미디어 업계에서 종횡무진하는 네트워크를 만들었습니다. 조직의 챔피언 같은 사람이었지요. 또한 다케시타는 남의 험담을 하지 않기로 유명했습니다. 그가 입버릇처럼 하는 말이 "칭찬은 당사자에게 전달되기까지 3개월이 걸리지만 험담은 다음 날 바로 전달된다."였습니다.

저는 정치가로서의 업적이나 과오와 상관없이 다케

시타 노보루를 존경합니다. 그처럼 끈기 있고 철저하게 권력 투쟁에서 승리를 일궈 낸 사람은 없습니다. 인간의 범주를 벗어났다고 할 정도로 강인한 인내와 섬세함이 가히 압도적입니다.

인간의 범주를 벗어날 정도로 살기란 무척 어렵습니다. 어렵기도 어떠한 노력을 해도 다케시타처럼 살 수 없는 사람이 많습니다. 아무리 애를 써 봐도 인간 관계가 원만하지 못합니다. 참을성도 없습니다. 치밀하게 사전 작업을 해 볼 만큼 섬세하지도 않습니다.

그런 사람들이 살아갈 때 필요한 것이 바로 험담입니다. 아부가 다케시타처럼 참을성이 강하고 용의주도한 사람에게 무기가 된다면, 험담은 좀 더 솔직한 사람에게 도구가 돼 줍니다. 사실 험담은 즐겁습니다. 말하는 사람은 물론 듣는 사람 입장에서도 재미있습니다. 친구를 험담하면 용서할 수 없다는 사람도 있지만 대부분은 친한 사람의 험담도 재미있어하며 듣습니다. 자기 입으로 말하지는 않아도 남들이 험담하는 것은 재미있어 죽겠다는 사람이 꽤 있습니다.

물론 험담이 지나치면 독설가라는 평가가 굳어져서

경계를 당하고 사람들이 점점 멀리할 테니 주의할 필요가 있습니다. 어떤 사람에 대해 어느 정도의 비판을 할 것인지 섬세하게 주의해야 한다는 것은 말할 필요도 없습니다. 특히 여자들이 많은 조직에서 험담할 때는 특별한 배려와 주의가 필요합니다. 도마에 오른 장본인에게 전달되는 속도가 빠를 뿐만 아니라 사실이 왜곡되어 전해지기 때문입니다.

이러한 점들만 유의한다면 험담은 절대적인 효과를 갖습니다. 통풍이 잘 안 되고 습도도 높은 조직 풍토에서 험담은 꽤나 보편적인 오락이기 때문입니다. 특히 여러 사람에게 미움을 받거나 모두가 꺼려하고 피하는 사람에 대한 험담은 안전하면서도 값싼 오락이 될 것입니다.

단, 험담을 하는 당신 자신이 그 즐거움을 객관적으로 바라봐야 합니다. 음습한 풍토에서 상사를 험담한다는 쾌감으로부터 헤어 나오지 못하면 결국 당신 자신이 비천해지기 쉽습니다. 당신조차 음습해지는 거지요. 험담이라는 오락에 빠져 흥분하더라도 험담을 입에 담는 자기 자신을 객관화해야 합니다. 험담하는 자리에서 당신의 험담이 어느 정도 받아들여지고 어떻게 작동하는지 늘 주의 깊게 관찰해야 한다는 말입니다. 험담은 쾌락을 가져오지만, 그 쾌락에 너무 탐닉해 버리면 험담의 노예로 전락하고 맙니다. 이 점만 주의한다면 험담은 많은 이점을 갖고 있습니다.

험담은 커뮤니케이션 도구로서 상당히 뛰어난 능력을 갖습니다. 의사소통의 실마리가 되기도 하지만 무엇보다 험담하는 자리에 함께 함으로써 결속력을 다질 수 있습니다. 험담을 공유하면서 서로 마음을 터놓은 사이라는 동지애가 싹트는 것입니다. 이것이 바로 험담의 효능입니다.

자칫하면 음습해질 수 있다는 점만 인식한다면 험담은 상당히 편리한 도구입니다. 특히 남에게 잘 의지하면서도 경계심이 강하고, 자신이 먼저 불을 지피지도 못하는 주제에 험담을 듣고 싶어서 근질거리는 인간들에게 험담이라는 먹이를 던져 준다면 당신이 영향력을 발휘할 수 있습니다.

또한 험담은 신뢰감을 높여 주기도 합니다. 험담을 논하면서 신뢰를 언급한다는 게 웃기는 소리 같겠지만 한번 생각해 보세요. 누구에 대해서도 나쁘게 말하는 법이 없고 아무리 억지를 부려도 다 받아 주는 사람이 당신을 칭찬한다면 기쁠까요? 반면 늘 신랄하게 비판하는 사람이 당신을 칭찬한다면 정말 기쁠 것 같지 않습니까? 험담은 마구 남발돼서 값어치가 떨어지는 아부를 저지하는 효과도 있습니다.

비판과
험담의 경계

비판과 험담의 경계는 상당히 미묘합니다. 미묘하다는 말은 제 밥벌이인 비평하고도 관련이 있습니다. 비판과 험담의 경계를 확정 짓기는 어렵습니다. 오히려 경계가 없다는 말이 맞을지도 모르겠습니다. 물론 비평은 대상의 결점이나 잘못을 지적하는 행위이고, 험담은 대상을 일부러 나쁜 식으로 말하는 거라고 분류할 수도 있습니다. 아주 터프하게 나눈다면 비판은 정당하고 험담은 사악하다고 말해도 되겠지요.

물론 그렇게 간단한 일은 아닙니다. 비판을 당하는

입장에서 보자면 지적당한 결점이나 잘못이 별것 아닌 경우가 있기 때문입니다. 사실 대부분이 그렇습니다. 아무리 정당한 비판이라도 의도적인 왜곡이자 곡해일 뿐입니다. 즉, 중상이나 험담에 불과하다는 얘기죠. 한 편 험담하는 입장에서 보면 비판받는 쪽에 큰 결점이 있어서 말한다는 의식이 있습니다. 정당하다고 생각하는 것이죠.

반면 식사 예절이 엉망이거나 행동거지를 봐줄 수 없다는 험담이 그 대상과 완전히 분리돼서 설득력이 떨어진다면 험담의 기능을 다하지 못한 셈입니다. 더군다나 험담이 여러 사람들 사이에서 허용되려면 어느 정도 설득력을 얻어야 합니다. 한마디로 험담은 정당한 비판이라는 공감을 얻어야만 합니다. 그렇지 못하면 험담으로서 실격입니다.

험담과 비판은 분별하기 까다롭지만 명확한 지표가 없는 것은 아닙니다. 바로 지적하는 데 악의가 있느냐 여부에서 차이 납니다. 험담은 악의로 뭉쳤고 비판은 선의에서 나온다는 말이 아닙니다. 험담은 악의를 자발적으로 드러내고 악의 자체를 즐기지만, 비판은 악의를 은폐하려 하고 은폐하는 방식 자체를 즐깁니다. 이렇게 본다면 험담과 비판의 차이는 노악露惡(자신의 치부나 결점을 일부러 드러냄)과 위선僞善의 차이가 될 것 같습니다. 더불어 은폐 방식의 차이는 꼬집을 대상이 주관적인지 객관적인지에 대한 차이와도 통합니다. 비판은 그 위선적인 성격 때문에 객관적인 양상을 보이고 험담은 그 노악 때문에 주관적인 양상을 보입니다.

좀 더 말하자면, 그 자리에 모인 사람들이 누군가를 지적하는 말에 공감하는 분위기가 악의적인가 여부에 따라서 내뱉은 말이 비판과 험담으로 나뉩니다. 마구 남발돼서 값어치가 떨어지는 아부를 제어하려는 의도로 험담한다면 비판의 성격을 강화해야 합니다. 악의를 꼭꼭 숨겨서 객관성을 가장해야만 합니다. 평가의 중립성을 주장하지 못하면 자신이 내뱉은 발언들이 지지대를 잃어버리기 때문입니다.

반대로 오락을 위해, 혹은 대화를 끌어 나가기 위해 지적하는 거라면 악의를 공유한다는 것이 쾌락의 요인이 됩니다. 이때는 악의를 마구 드러내서 험담해야 합니다. 말할 것도 없이 쾌락은 주관적이기 때문입니다.

자신의 혀로 직접 즐기지 않는다면 어떤 요리도 그 맛을 제대로 느낄 수 없는 법입니다.

하지만 비판이 됐든 험담이 됐든 얼마나 재미있습니까? 이런 즐거움과 쾌락은 혀에 감기듯 맛있으며 동시에 독이 되기도 합니다. 쾌락에 너무 탐닉하면 술이나 약물과 마찬가지로 이성이 마비됩니다. 이성을 잃어버릴 정도로 위험해서 더욱 즐거운 것일지도 모르지만 말이죠. 술을 끊지 못하는 것처럼 험담을 끊을 수는 없을 것 같습니다. 늙어 꼬부라져서 술과 여자는 더 이상 흥미를 느끼지 못한다고 해도 험담만은 그만둘 수 없을 것 같습니다. 기분 나쁜 노인이라고요? 거참, 죄송하게 됐습니다.

대체 무엇이 그토록 즐거울까요? 호의를 갖지 않은, 더 나아가 적의를 품은 상대를 공격하는 게 즐겁지 않을까요. 역설적으로 들릴 수도 있으나 과도한 공격성이 담긴 경우 험담은 쾌락을 가져다주지 않습니다. 오히려 험담의 폭력성과 험담에 대한 반발에 주의해야 합니다. 험담을 오락으로만 바라볼 수 없는 것입니다. 험담이 가져다주는 쾌락과 공격성은 일치하지 않는다고 생각하는 편이 낫습니다.

그런데 우리는 싫어하지도 않는 사람을, 군이 말하자면 좋아하는 사람 혹은 도움을 받아서 의리상 도저히 그래서는 안 될 사람을 험담하기도 합니다. 바로 이런 점이 험담의 재미이며 무서운 점이기도 합니다.

왜 적의를 품지 않은 사람도 험담하는 걸까요? 험담에는 지적의 측면이 있기 때문입니다. 어떤 사람에게서 우스꽝스러운 면이나 기괴한 점을 발견했을 때 그것을 지적해서 표현하고 싶은 욕구를 억제하기란 상당히 어렵습니다.

그런 의미에서 봤을 때 험담에는 일종의 비판 정신이 들어 있습니다. 중국 삼국시대의 문인 진림陳琳은 험담의 천재이기도 했습니다. 조조에 대해 조부가 환관을 지낸 것부터 어떻게 출세하여 지금의 자리에 올랐는지 그의 삶을 철저하게 조롱하여 체면을 구기고 천하에 그 사실을 알렸다는 고사는 유명합니다.

무인이면서도 고고한 문인의 취미를 가진 조조는 진림을 벌하지 않았습니다. 농락당한 본인도 인정할 수밖에 없을 만큼 진림의 험담이 문학성과 예술성이 높았기 때문이겠지요.

험담의 예술성에 대해 말하자면, 막연한 우스꽝스러움이나 부조화를 정확하게 표현해 내는 유쾌함이라고 할 수 있습니다. 이는 정말 짜릿합니다. 험담을 하고 싶은 욕구는 강력할 수밖에 없습니다.

별명은
가장 안전한 험담이다

지금까지 험담의 기능과 관련 없어 보이는 대화의 윤활유 역할에 대해 살펴봤습니다. 이제부터는 험담의 공격성에 대해 이야기할 생각입니다.

험담의 공격성을 언급할 때 가장 일반적인 형태는 공격 대상, 즉 험담 대상자의 결점이나 악행을 지적해서 널리 퍼뜨리는 것이겠지요. 공격적인 험담의 진행 과정은 극히 단순해 보이지만 실제로는 그렇지도 않습니다. 결점이나 악행의 진실성이 험담의 성격을 미묘하게 결정하기 때문입니다. 예를 들면 험담의 표적이

된 사람이 저지른 악행을 주변에서 아는데도 언급하지 않는 경우입니다. 이때 굳이 험담을 한다면 표적에 대한 비판과 악의의 봇물을 터뜨리려는 것이겠지요.

하지만 이런 일은 위험성을 내포하고 있습니다. 누구나 아는데도 굳이 말하지 않는다는 것은 그럴 만한 이유가 있는 것입니다. 든든한 배경이 있다, 사실은 호감을 느끼고 있다, 그의 악행에는 나름의 사연이 있다…. 굳이 나서서 도화선을 당겼다가 험담한 쪽 입장만 난처해질 수도 있습니다.

반대로 전혀 알려지지 않은 나쁜 짓이나 결점을 지적할 때도 주의할 필요가 있습니다. 알려지지 않은 사실을 폭로하는 셈이니 험담을 듣는 사람들이 과연 그 지적을 믿을 것인지 생각해 봐야 합니다. 신빙성 여부는 지적한 내용이 피해자의 성격이나 개성에 비춰 봤을 때 어쩐지 그럴 것 같다는 생각이 드는가, 지적한 사람의 말을 신용할 수 있는가, 이 두 요소가 결정할 것입니다. 듣는 사람들에게 진실로 받아들여진다면 그 험담은 허위든 날조든 상관없습니다.

이런 말을 하면 또 나쁜 사람이라고 하겠지만, 그게

뭐 대수인가요? 남을 공격하기 위해 험담하려는 사람이 그깟 일로 움츠러들어서야 되겠습니까?

주변 사람들이 과연 믿어 줄 것인가라는 관점에서 보자면 그 험담이 진실인지 허위인지는 아무래도 좋습니다. 오히려 허위인 편이 낫다고 말할 수도 있습니다. 허위라면 신빙성을 갖추기 위하여 그럴듯하게 포장할 수 있으니 말할 나위 없이 더 편리합니다.

정치권의 모략은 거의 다 날조의 형태로 만들어집니다. 정적의 스캔들을 조사하려면 당연히 수고스러울뿐더러 치명적인 증거물이 나올지 확신할 수도 없습니다. 그것보다는 언론이나 대중들이 솔깃해할 만한 아주 화려하면서 사려라고는 도통 찾아볼 수 없는 스캔들을 꾸며 내는 편이 훨씬 효과적이며 확실합니다.

광고 회사에서 일하는 지인이 상사의 성희롱을 응징하기 위해 그 상사가 도촬 마니아라는 소문을 흘린 적이 있습니다. 허위 사실을 유포한 것인데 그 상사가 정말 그런 짓을 할 사람처럼 보였고 다른 여직원들에게도 비슷한 원한을 샀기 때문에 소문은 진실로 굳어지고 말았습니다. 상사는 당황해서 그런 일 없다며 펄펄

뛰었다는데, 도촬 마니아가 아니라는 걸 증명하기란 상당히 어려운 일입니다. 다만 날조나 정보 조작은 허위라는 사실이 드러날 경우 상당히 큰 타격을 받고 맙니다. 반증이 성립되지 않도록 충분히 대비해 둬야 합니다.

그냥 진실을 말하는 게 낫겠다고요? 세상일이란 그렇게 간단하지 않습니다. 설령 진실을 말하더라도 상대방이 허위다, 날조다 하고 반격하기 쉽습니다. 게다가 진실하지 않은 반격이 더 많은 지지를 얻으며 사실로 받아들여질 위험성도 존재합니다. 나쁜 짓이나 결점을 지적해서 공격할 경우 그에 상응하는 위험이 있으니 군은 각오와 용의주도함이 필요하다는 것을 인식해야 합니다. 직접적인 공격은 효과를 기대해도 되는 만큼 수많은 위험성이 도사리고 있다는 얘기입니다.

그렇다면 험담이야말로 직접적인 공격이 아니냐고 하겠지만 그렇지는 않습니다. 위험성이 크지 않으면서 뛰어난 효과를 가진 방법이 있습니다. 다만 상당한 지성이 필요합니다. 거드름을 피워 놓고 변변찮은 대답을 해서 정말 죄송한데, 별명을 붙여 보는 것입니다.

"뭐야, 겨우 별명이었어?" 이런 말은 거둬 주십시오.

악의가 담겨 있으면서 누구나 무심코 입에 담을 만큼 부정적인 측면을 풍자한 별명은 그 효과가 치명적입니다. 물론 스캔들을 날조해서 상대방을 한 번에 무너뜨릴 정도의 임팩트는 없습니다. 하지만 탁월한 별명은 그 존재를 규정해 버리는, 뭐라 말할 수 없는 경멸을 부추기는 효과가 있습니다.

권력을 함부로 쓰다 지금은 완전히 자취를 감춰 버렸지만 한때 정계를 누비던 야마구치 도시오山口敏夫는 '진넨珍念(애니메이션 〈잇큐상〉에 등장하는 동자승으로 통통하고 먹을 것을 밝히는 캐릭터다.—옮긴이 주)'이라는 별명이 있었습니다. 이런 별명이 굳어지면 아무리 열심히 일해도 동자승이 어설프게 허둥대는 것 같아 진지하게 대할 마음이 싹 가셔 버립니다. 정말 무서운 일입니다.

저도 고명한 평론가에게 '야와라짱柔ちゃん(일본의 여자 유도 국가 대표 선수였던 다니 료코의 애칭. 현재 정치가로 활동 중이다.—옮긴이 주)'이라는 별명을 붙여 준 적이 있습니다. 웃는 표정이 많이 닮은 데다 키가 아주 작고 동안입니다. 그런데 알고 보면 야심가에다 잘난 척까

지 하는 유치한 면이 보입니다. 별명이 붙은 뒤로 그가 토론 자리에서 발언하려 들면 옆에서 "야와라짱 주제에 크루그먼이 어쩌고저쩌고 하며 어려운 말만 늘어놓고 있네."라며 웃음거리로 만들어 버립니다. 거참, 미안한 이야기네요. 하지만 그는 명성이 높아져서 그다지 신경 쓸 것 같지는 않습니다.

고백하자면 저는 별명 붙이는 것을 아주 좋아합니다. 치명적인 곳을 찌르는 재미있는 별명을 떠올리고 행복해하는 비열한 품성을 공개해 버리고 말았네요. 당연히 적도 많이 만들었습니다. 별명이 붙은 당사자는 그 원한을 결코 잊지 못합니다. 그래서 더 재미있는 거겠죠.

진실을 원한다면 거짓을

대화의
불투명성

거짓말 역시 대화에서 큰 부분을 차지합니다. 아부나 험담도 거짓말의 도움을 빌리지 않으면 매력적이지 않습니다. 사실 대화에서 거짓과 진실을 구분해 내기란 상당히 까다로운 문제입니다. 이 문제를 풀 수 있다면 대화법 자격증이라도 내주고 싶을 정도입니다.

파티에서 제 눈에도 참담해 보이는 여성에게 "정말 아름다우시네요."라는 칭찬을 했다고 합시다. 객관적인 과학의 세계(가 외모에서도 성립할지 어떨지는 모르겠지만)에서는 분명 거짓입니다. 하지만 대화의 세계에서는 반드시 그렇지도 않습니다. 그 여성이 설령 예쁘지 않아도 이전에 비해서는 훨씬 나아졌는지도 모릅니다. 아니면 제가 사정이 있어서 그녀를 유혹해야만 하는 터라 목적을 달성하려다 보니 아름답다는 생각이 들었을지도 모릅니다(실제로 세상에는 그런 능력을 가진 남자들이 있는 것 같습니다. 유감스럽게도 저에게는 없는 능력입니다). 아니면 제가 그녀를 상처 입히려는 의도였고, 그녀 역시 제 말을 반어법으로 받아들일 수도 있습니다. 아름답다는 말을 못생겼다는 뜻으로 받아들일 거라고 생각해서 말한 경우도 있습니다.

정도의 차이는 있겠지만, 제가 말한 예는 객관적인 사실에 반하는 것도 아니고 허위는 더더욱 아닌 경우입니다. 이런 상황을 지켜보면서 깨닫는 사실은 내뱉은 말이나 표현이 과연 사실인가 거짓인가 여부는 대화의 흐름 속에서 판단하고 해석해야 한다는 것입니다. 오가는 이야기가 진실인지 거짓인지는 그때그때 상대적으로 존재합니다. 이런 논리를 염두에 두지 않으면 진실을 진실로서 말하는 것도 허위를 허위로서 말하는 것도 불가능합니다.

말하는 쪽이 아니라 듣는 쪽이라고 입장을 바꿔 생각하면 좀 더 어려운 문제가 됩니다. 대화에서 무엇이 진실이고 무엇이 거짓인지, 무엇이 직언이고 무엇이 아첨인지 판단하기란 상당히 어렵습니다. 진실을 진실로서 말하고 나아가 진실로서 받아들이게 만드는 방법 혹은 허위를 허위로서 말하며 상대방이 진실이라고 여기게끔 만드는 방법은 복잡하게 뒤얽혀 있어서 하나로 규정할 수 없습니다.

인간 관계가 힘들어서 고민이라고 합니다. 이런 고민은 불투명한 대화에서 비롯된 것입니다. 진실이 허위로 바뀌고 허위가 진실로 둔갑해 버리는 대화의 불투명성 때문에 괴로워합니다. 분명히 진실을 말했는데 허위로 받아들이거나, 허위라고 의심한 일이 진실인 대화의 불확정성은 스릴과 스트레스로 넘쳐납니다. 말하고 싶은 대로 말한다, 들은 대로 믿고 싶다, 들은 대로 믿어 줬으면 좋겠다…. 이런 순진무구함을 원하는 것이죠. 세상이 그렇게 단순하다면 살아가는 일이 얼마나 쉬울까 하면서 말입니다.

순진한 인생은 동물의 삶과 다를 게 없습니다. 동물

은 본능이라는 프로그램에 따라서 살아갑니다. 동물에게는 번민이나 고뇌가 없습니다. 배고픔이나 생명의 위협 말고는 고통도 없을 것입니다. 동시에 기쁨과 쾌락도 없습니다.

본능에 따라 움직이는 동물의 세계에 비하면 인간 세계는 불투명하고 혼란스러울 뿐입니다. 하지만 관점을 바꾸면 불투명과 혼란이야말로 인간 세계를 다채롭고 풍요롭게 만들어 줍니다. 이런 풍요를 좋게 받아들일 수 없다면 인간으로서 살아갈 의미가 없다고 말해도 좋습니다.

반대로 말하면 대화의 불투명함이야말로 인간만 가진 특별한 점이고 가장 인간적인 것이며 인간적인 사유입니다. 이 세상을 활기차고 즐겁게 살고 싶다면, 그리고 이 세상에 태어난 보람을 느끼며 살고 싶다면 불투명을, 뒤틀림을, 혼란을 인간의 전제로 받아들이고 즐겨야 합니다.

냉소주의로 타락하는 것도 아니고 상대주의에 굴복하는 것도 아닙니다. 인간적인 뒤틀림 속에 있어야, 불순함 한가운데 있어야 순수하고 성실하다고 믿는 것입니다. 실제로 가능한 일입니다. 대화에서 진위를 가려내기 어려운 이유는 사교계 특유의 예의 때문입니다. 진실, 즉 자기 생각을 가감 없이 말할 수 없는 경우란 진실을 말하는 것이 예의에 어긋나는 경우인데, 그런 일이 상당히 많다는 얘기입니다.

예의에 어긋나는 것은 진실로서 드러내기가 어렵습니다. 예의를 갖춰야 하는 자리에서 무례한 이야기를 대놓고 하는 사람은 없습니다. 예의를 중시하는 자리에서는 어떤 찬사가 쏟아져도 절반 정도로 새겨들어야 한다는 얘기도 됩니다. 한마디로 예의를 차려야 하는 자리는 진실이 부족하거나 매우 뒤틀려 있습니다.

이제 예의를 갖춰야 하는 자리에서 오가는 말들을 어떻게 해석해야 하는지 잘 알았으리라 생각합니다. 오늘 당신이 아름답다는 말을 많이 들었다고 합시다. 당신은 기분이 좋아 그 칭찬에 흠뻑 취하고 싶을 겁니다. 물론 즐기는 것도 중요하지만, 허위가 난무하는 자리에서 나온 칭찬이라는 점도 인식해야 합니다. 그 찬사를 진심이라고 받아들이는 것은 유치할 뿐만 아니라 어리석기까지 합니다.

물론 성숙한 어른이라면 빤한 아부나 지키지도 못할 허황된 약속을 즐기는 기쁨을 누려도 상관없다고 봅니다. 당신에게 쏟아지는 찬사가 술이나 향수 같은 기호품이라는 사실만 잊지 않는다면 말이죠. 허위임을 알면서 믿어 버리고 만다면 말 그대로 자기 파멸입니다. 예의상 던진 말이나 행동 때문에 정신을 못 차리는 일 또한 경계해야 합니다.

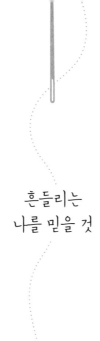

흔들리는
나를 믿을 것

대화 속에 단순한 진실이나 거짓은 없습니다. 확실한 진실도 확실한 거짓도 없는 것이야말로 가장 인간적입니다. 대화에는 바로 끄집어 낼 수 있는 진실이나 허위가 존재하지 않는다는 사실이 가장 중요합니다. 여러분이 몇 번이고 곱씹어야 하는 진실입니다.

인간을 긍정적으로 받아들일 것인가, 부정할 것인가 고민하는 이유 역시 진실도 거짓도 없기 때문입니다. 많은 사람들, 특히 젊은 사람들이 진실이 없는 대화 때문에 상처를 입는 것 같습니다. 다른 사람을 믿지 못하겠다, 내 말을 곡해해서 받아들인다 하고 말이죠. 그 공포와 실망 때문에 과도하게 사람을 싫어하거나 강박적으로 인적 네트워크를 만들어 나가려고 합니다.

사람을 두려워하는 히키코모리(사회 생활에 적응하지 못하고 집 안에만 틀어박혀 사는 병적인 사람들)나 교제 마니아 모두 대화의 어려움을 느끼고 고민하는 것인지도 모르겠습니다. 가족들과의 대화도 거부한 채 밤새 컴퓨터 앞에 앉아 있는 오타쿠나 휴대전화로 대화해야만 마음이 진정된다며 매달 거액의 통신비를 쏟아 붓는 청소년은 타인과 제대로 마주하고 대화하는 걸 회피하고 있습니다.

이런 도피 현상에 대해서 요즘 애들 운운하며 한심해하거나 설교할 마음은 추호도 없습니다. 인류의 역사란 대화 속에서 진실과 허위를 분별해 내는 고난의 투쟁이며, 그런 고통에서의 도피라고 말해도 과언이 아니기 때문입니다.

지나치게 과장하는 거 아니냐고 반문할 수도 있겠군요. 그렇다면 신, 그것도 기독교나 이슬람교처럼 절대 유일신을 왜 만들어 냈는지 생각해 보십시오. 신의 세계에는 진실이나 허위가 존재하지 않는다는 것이 출발점입니다. 물질적이고 현세적인 사물로부터 초월한 존재. 신은 애매한 인간과 다릅니다. 인간의 마음 구석구석은 물론 남의 눈에 보이지 않는 행동거지 하나하나까지 전부 꿰뚫어 보고 있습니다. 유일신의 눈을 의식한 순간 이 세상에서 애매한 것은 없어집니다.

신의 절대성이 무엇 하나 확실한 것 없는 이 세상에 보편과 안정을 가져다 줍니다. 그것이 바로 인간이 신을 만들어 낸 이유입니다. 포장하기 좋아하고 미약한 인간의 부질없는 염원 때문에 생겨난 존재가 신이라는 점은 누구나 수긍할 것입니다. 어떤 일이 있어도 흔들리지 않는 진실을 따르고, 선과 악을 명확히 구분할 수 있다면 얼마나 좋을까 하고 말이죠.

인간은 어딘가에 절대적인 진실과 영원불변의 진리가 있다는 환상에 매달려 왔습니다. 신의 자비와 위엄을 칭송한 성경 구절이 미사여구로 가득 찬 것도, 교회나 사원의 건물이 장엄하고 거기서 치르는 의식이 엄숙한 것도, 인간이 이 불확실한 세상에서 얼마나 절대적인 것을 추구하는가를 증명할 뿐입니다.

나날이 변해 가는 사회 정세, 특히 대화 기술 혁신으로 인한 스트레스를 떨쳐 내고자 새로운 형태의 절대를 추구하다 보니 종교나 종교 모임에 빠져드는 것입니다. 불투명한 대화를 견뎌 낼 만한 정신의 한계를 넘으면 절대적인 세계에 빠져들어 허위와 애매함이 없는 (그렇다고 믿고 싶은) 신앙의 세계로 도망치고 싶어 합니다. 신에게 다가가는 경위야 시대에 따라 다르겠지만 신에게 빠지는 것 자체는 인간의 본성이며 어느 시대나 그랬습니다.

다만 차이가 있다면 사회 체제가 인간의 연약함을 이해하고 배려했는지, 부정했는지 정도일 것입니다. 휴머니즘이나 자기 책임을 내세워 인간의 주체성을 과도하게 신뢰하는 현대 사회는 절대적인 것을 찾아 도주하기 쉬운 구조로 변해 버렸습니다.

종교를 경멸하는 것이 결코 아닙니다. 저 역시 연약한 인간으로서 제 안에 절대불변의 확고한 뭔가가 있다고 믿고 싶습니다. 저의 신조나 신념이 절대 유일하며 어떤 일이 있어도 변하지 않는다고 몇 번씩 되새겼으며, 여러 사람 앞에서(특히 여성 앞에서) 굳게 맹세하기도 했습니다. 그러나 유감스럽게도 인간에게는 그런 절대가 없다는 사실을 남들보다 일찍 깨달을 수밖에 없었습니다.

하지만 모든 것이 불확실하고 나라는 인간이 미덥지 못할뿐더러 진실한 것은 아무것도 없다고 정색한다면 결국 진부한 니힐리즘^{Nihilism}(허무주의)으로 전락하고 맙니다. 자기 자신의 행동과 말을 믿고 자신의 해석과 직관으로 타인의 말과 행동을 판단해야 합니다. 이 원칙을 잃어버린다면 모든 사물과 현상은 그때그때만 존재하는 표피적인 반응, 찰나의 쾌락과 불쾌감 반응에 지나지 않을 것입니다.

주위를 조금만 둘러보면 얼마나 많은 사람들이 찰나의 쾌락과 불쾌감에 의해 상황을 판단하는지, 심지어 자신의 인생마저 결정하는지 알 수 있습니다. 단지 충동적으로 폭력을 휘두르는 중학생이나 걷잡을 수 없는 행동으로 자신을 비하하려 드는 젊은 여성의 얘기가 아닙니다.

연배가 있는 회사원부터 새내기 주부에 이르기까지 다들 반사적인 자극만으로 살아가는 것처럼 보입니다.

모든 연령층의 도덕적 타락이 그 세태를 증명해 주고 있습니다. 진부한 설교를 하려는 게 아니니까 귀 담아 들어 주기 바랍니다. 인간은 도덕이나 윤리 등의 가치관이 없어져서 타락하는 게 아닙니다. 자기 자신, 흔들리기 쉬운 자신을 믿고 그 일관성을 존중하지 않으면 타락하고 오욕에 휩싸이는 것입니다.

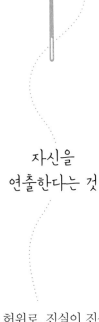

자신을
연출한다는 것

지금까지 허위가 허위로, 진실이 진실로 받아들여지지
않는 세계를 살아간다는 각오와 활력이 인생을 헤쳐
나가는 데 아주 중요하다는 이야기를 했습니다. 여러
분은 이 세상을 살아갈 용기를 갖고 있을 거라고 생각
합니다. 하지만 허위와 진실을 둘러싼 장막은 상대적
이기 때문에 때로는 의기소침해지고 용기가 사그라지
기도 했을 것입니다.

늘 용기를 내려면 자기만의 스타일과 지혜가 필요합
니다만, 진위가 뒤섞인 상황에서 가장 중요한 것은 웃

음과 유머입니다. 웃음이 필요하다고 하니까 대충 얼버무릴 속셈이냐고 실망할 수도 있겠군요. 사실은 그렇게 설렁설렁 넘어가는 것도 중요합니다. 자신을 속이는 것이라면 도피에 지나지 않지만, 치명적인 뒤틀림을 직시하기 위해선 자기 자신에게 얼버무릴 필요가 있습니다.

얼버무림 혹은 광범위한 속임의 기술이 제가 말하는 도회韜晦입니다. 도회는 베일에 싸인 듯 신비로운 분위기를 연출한다는 뜻을 담고 있습니다. 무슨 뜻인지 분명하게 와 닿지는 않을 것 같은데 프랑스어로는 '미스티피카숑Mistificación'이라고 합니다. 미스티피카숑은 19세기 중엽 보들레르Charles Pierre Baudelaire, 페트루스 보렐Pétrus Borel 같은 프랑스 시인들이 좋아한 생활 양식입니다.

그들은 소위 '댄디'의 효시가 되었는데, 일상이나 패션에 자신만의 스타일을 도입했다는 점에서 명성이 높습니다. 박학다식하기로 유명한 보들레르는 책장도 치우고 테이블에 성경책 한 권만 놓아두었다고 합니다. 카리스마 댄디라고 불리며 각국 왕실의 숭배를 받은

보 브러멜Beau Brummell도 있습니다. 그는 늘 수수한 검은색 정장에 넥타이 대신 흰 리본을 엉성하게 묶고 다녔는데, 리본의 매듭이 마음에 들 때까지 계속 고쳐 묶느라 매일 수십 개의 리본을 망가뜨렸다고 합니다.

이 정도면 멋쟁이가 아니라 강렬한 취향을 발산하는 자기 연출의 영역에 해당합니다. 자기 연출이 강해지면 강해질수록, 요새 말로 캐릭터를 명확하게 굳히면 굳힐수록 내 말을 상대방이 어떻게 받아들일지, 혹은 상대방이 무엇을 말하는지 진위를 가려내기가 쉬워집니다. 상대방이 나를 어떻게 이해하고 파악하는지 추측할 수 있기 때문입니다.

하지만 제가 말하는 연출이 캐릭터를 만드는 것은 아닙니다. 캐릭터를 만든다는 것은 흔히 볼 수 있는 유형에 자신을 끼워 맞추고 집단에서 자신이 있을 자리를 찾는 일이며, 극히 소심하면서 비겁해지기 쉽습니다. 제가 말하는 연출은 좀 더 공격적인 것입니다. 상대방이 납득한 것 같으면 안심하고 넘어가는 게 아니라 자신과 타인 모두 긴장시키는 것이어야 합니다. 긴장감이 없다면 대화의 흐름을 제대로 이해하면서 말을 주고받을 수 없기 때문입니다.

긴장시키는 발언이나 위압적인 태도를 두려워해서
는 안 됩니다. 상대방을 긴장시켜야 당신을 아무 데나
널려 있는 적당한 대화 상대가 아니라 자신을 위협할
수도 있지만 커다란 자극을 줄 수도 있는 상대로 인정
합니다. 같은 의미에서 당신의 존엄성을 인정받고 싶
다면 위압적인 태도를 싫어하지 마십시오.

긴장감을 싫어하고 대신 온화하고 느슨한 것을 좋아
하는 시대입니다. 하지만 진정한 온화는 긴장감과 조
화를 이뤄야 비로소 그 맛을 알 수 있습니다. 긴장감
없는 온화는 단순한 온화에 지나지 않습니다.

물론 긴장감이나 위압은 위협하는 태도나 험악한 표
정으로 만들어지지 않습니다. 한눈에 알아볼 만한 고
가의 옷이나 장식품, 거만한 태도로 만들어지는 것도
아닙니다. 오히려 미소와 겸허한 태도, 눈에 확 띄지 않
는 기품 있는 몸가짐으로 가능한 것입니다. 이것을 우
아함의 완성 지점(젊은 여러분이라면 10년 후 목표로 잡고)
으로 삼았으면 합니다. 우선은 상대방을 긴장시키는
것을 두려워하지 말고, 그렇게 만들 수 있는 다양한 방

법을 익히는 것부터 시작해야겠죠.

　다시 이야기를 되돌리겠습니다. 미스티피카숑은 '미스티피'하다는 것인데, 비밀에 휩싸여 있고 신비감을 준다는 말입니다. 베일에 싸여 있어 쉽게 마음 놓을 수 없는 분위기를 풍긴다는 것이죠. '이 녀석, 대체 뭐 하는 놈이지?' 하는 긴장감을 안겨 주는 것입니다.

　그러므로 미스티피카숑은 흔히 말하는 캐릭터 굳히기와 다릅니다. 반대로 캐릭터라는 틀 속에 담아 둘 수 없다, 간단하게 규정할 수 없다, 더 나아가 상대방에게 인품의 서랍에서 빠져나온 긴장감을 안겨 준다는 말입니다. 단, 너무 경계하게 만들어서는 안 됩니다. 그래서 유머가 필요합니다.

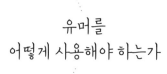

유머를
어떻게 사용해야 하는가

미스티피카숑을 어떠한 형태로 보여 주면 좋을까요? 우선 도회란 허위를 허위로서 말하는 거라고 이해하면 됩니다. 그 허위를 말할 때 유머가 있으면 더욱 좋습니다. 아니면 빈정거림도 좋습니다. 예를 들어 상대방이 입은 옷을 촌스럽다고 헐뜯으려 할 때 "와, 정말 취향이 이상하군요."라며 대놓고 말하는 사람은 많지 않을 것입니다. 그랬다가는 상대방이 곧바로 반박해 올 것이고, 자칫하면 당신이 그 촌스러운 옷을 샘낸다고 몰아붙일 수도 있습니다.

헐뜯을 거라면 제대로 헐뜯어야 합니다. 상처를 줄 거라면 제대로 상처를 줘야 합니다. 어떤 방법이 있을까요? 일단은 칭찬을 해서 기분 좋게 해 준 다음 마음에도 없는 말이라는 것을 상대방이 알아채게 만들면 됩니다.

누가 봐도 알 만한 명품 옷을 입은 사람에게 "우와, 정말 잘 어울리네요. 그 옷은 대체 어디서 구하셨어요?" 하고 물어봅니다. 상대방이 샤넬 매장에서 샀다고 대답하면 "어, 정말요? 설마 샤넬을 이런 식으로 입는 사람이 있을 줄은 몰랐거든요."라고 대답해 보십시오.

당신의 말을 아무 거리낌 없이 받아들였다는 사실에 분노할 것입니다. 그의 감정이 당신의 직접적인 비판에 대한 반발이 아니라 경솔하게 우쭐거린 자기 자신에 대한 분노로 내면화된 셈입니다. 이런 경우 좀처럼 회복되지 않습니다.

도회란 것이 단순한 괴롭힘처럼 들릴 수 있겠지만 빈정거림이란 종종 이렇습니다. 제가 이탈리아에서 겪은 일입니다. 식사 모임에서 나이 든 여성을 만났는데, 동양에 대해 약간 편협한 시각을 갖고 있었던 것 같습니다. 저에게 "일본인은 이제 칼을 옆으로 차지 않나 보죠?"라고 물어보는 것이었습니다. 일본인을 야만인 취급한다는 생각에 화가 치밀어 올랐지만 그 자리에서 화를 내는 건 정말로 야만인이나 할 짓이기에 부드럽게 대답했습니다. "아니, 전혀요. 일본도 근대화가 돼서 주말에는 칼을 차지 않아도 됩니다." 그러고 나서 칼에 대한 예법 등을 그럴싸하게 들려주었습니다.

그녀는 잠시 후 자리를 옮겨서는 저에게 들은 얘기를 다른 사람한테 말했고, 결국 상대방에게 큰 웃음거리가 됐습니다. 저에게 속았다는 것을 알아채는 동시에 자신의 무지함이 드러나자 분노에 가득 찬 눈으로 저를 노려보더군요. 저는 기분이 아주 좋았고요. 발끈해서 화를 내는 것보다 몇 배나 통쾌한 복수였습니다. 게다가 이 상황은 제3자가 보면 정말로 우스꽝스러우니 말 그대로 유머가 있습니다.

중요한 것은 직접적인 반응을 하지 말아야 한다는 점입니다. 자신의 감정이나 의견을 상대방에게 전달하려면 생각한 것 그대로 말해서는 안 됩니다. 소박함이 나름의 의미를 가진다고 생각하는 것은 상당히 유치한 발상입니다. 소박한 감상을 그대로 나타낸다면 상대방은 당신의 말을 당신의 의도와 다르게 받아들일 것입니다.

소박함이 꾸미지 않은 순수함으로 받아들여지기 원한다면 있는 그대로 말하는 대신 상대방이 소박하다는 생각을 하게 만들어야 합니다. 당신이 선량한 사람이고 남들이 선량하게 봐 주길 원한다면 선량한 것처럼, 그리고 선량해 보이게끔 행동해야 합니다. 선량함은 지극히 속된 선량함부터 겉으로는 악랄해 보이지만 그 이면에 선량함이 숨어 있는 정교한 선량함에 이르기까지 다양합니다.

작위적인 선량함을 몸에 휘감고 있다면 더 이상 선량하다 말할 수 없는 것 아니냐고 할지도 모르겠습니다. 선량한 척하는 연기를 하는 순간에 선량함의 순수함을 잃어버려 위선이 된다고 주장할 수도 있을 것입니다. 충분히 납득할 만한 의견입니다. 위선은 확실히 혐오스럽습니다. 위선의 냄새는 불쾌한 데다 지적이지 않고 불성실하다는 인상을 줍니다. 그런데 당신이 정말로 선량하다면 왜 선량한 것처럼 행동하는 데 저항감을 느낄까요? 당신의 선량함은 그 정도 연극에 침식 당할 만큼 부서지기 쉽고 하찮은 것인가요? 그렇다면 선량함이 아니라 단순한 자의식의 혼돈에 지나지 않은 것 아닌가요?

자의식의 혼돈이라니, 말이 지나치다고 언짢아할지도 모르겠습니다. 하지만 자신은 선량하다고 믿고 싶은 나머지 선량한 척하는 사람들이 적지 않습니다. 세상의 선량한 사람들, 자신이 선량하다고 믿어 의심치 않는 사람들은 딱히 선량도 뭣도 아닙니다. 단지 자의식이 응석을 부리도록 놔두고 싶었기에 선량한 것뿐입니다. 이따금 자신이 선의라고 믿어 의심치 않는 것을 무자비하게 쏟아내고, 그것이 남에게 부담을 주거나 거부라도 당하면 상처를 입었다고 호들갑을 떨어 대니 정말 대책이 없습니다.

도회를 실천한다는 것은 자의식의 소박함을 끝내는 것입니다. 내 안의 선의와 악의를 객관적으로 바라보며, 때로는 섬세하고 때로는 뻔뻔하게 상황에 맞춰서 표현할 수 있는 사람이야말로 어른이라는 이름에 혹은 선량이라는 미덕에 걸맞습니다.

도회란 진실이 진실로 전해지지 않는 인간 세계에서 유머나 풍자를 통해 자신의 진심을 상대방에게 전달하는 효과적인 수단입니다. 에덴의 동쪽에 사는 인간들에게 단순히 소박한 것, 순진한 것은 아무런 가치가 없습니다. 남에게 폐만 끼치는 유치함에 지나지 않습니다. 어떤 진실도 허위의 도움 없이는 진실로서 빛나지 않는 것이 인간 세계이기 때문입니다. 당신이 진실을 사랑한다면 우선 허위를 통과해야 합니다.

기계적인 예의는 필요없다

예의는
고루한 것이라는 오해

위선만큼이나 평판이 나쁜 것을 꼽자면 바로 예의입니다. 예절에 얽매이지 않고 인사도 제대로 하지 않으며 말투가 거칠어야 멋있다는 소리를 듣는 세상입니다. 예의를 단순히 형식으로 받아들이는 것이죠.

청소년들의 험한 말투를 보면 예의라는 배려가 촌스럽거나 짜증나는 것 이상으로 예의가 풍기는 위선을 싫어하는 것 같습니다. 툭 까놓고 말하는 것이 좋고 솔직한 것이 좋으며, 예의를 갖춰서 인사하는 것은 귀여운 척하는 정도가 아니라 약삭빠르고 근성이 안 좋아

보인다고 합니다. 오히려 예의 따위는 가볍게 무시해야 좋은 사람이라고 판단하는 것 같습니다.

나름대로 이해가 가는 부분은 있습니다. 어른이라면 당연히 계산적이어야 하고(그러면서도 계산적이지 않다는 식으로 연기해야 합니다), 실제로 근성도 나빠야 하기 때문입니다. 자신이 순진무구하고 선량하다고 믿는 시시하면서도 무의미한, 정확하게 말하면 품성을 비열하게 만드는 착각에서 벗어나야만 합니다.

예의는 결코 형식이 아닙니다. 있어도 그만이고 없어도 그만인 것이 아닙니다. 내용이 있는(있다고 하는) 메시지 따위보다 훨씬 중요하며 당당한 연설이기도 합니다. 젊은 남자들이 인사를 제대로 할 줄 알고 약속 시간을 잘 지킨다면 그것만으로도 세상을 헤쳐 나갈 수 있겠구나 싶을 정도입니다.

예의가 왜 중요할까요? 인사가 왜 중요할까요? 예의는 방심하지 않는다는 것을 증명해 줍니다. 방심과 예의가 함께 등장하니 이해하기 힘든가요? 예의 바르게 행동한다는 것은 상대방이 어떤 사람인지, 무슨 생각을 하고 무엇을 할 속셈인지, 어떤 지위와 역사를 갖고 있는지 모른다는 사실을 나타내고 이에 대비해 조심하는 것입니다.

태도가 오만방자하고 입이 거친 인간들은 자기보다 지위가 낮은 사람은 바로 무시하고 얕잡아 봅니다. 도덕적으로 한심할뿐더러 유치하고 허술하기 짝이 없는 부류라고 생각합니다. 상대방이 어떤 사람인지, 부모 형제 관계가 어떤지, 장래 어떤 인물이 될지 아무것도 모르면서 방심하다간 앞으로 어떤 재앙이 찾아들지 모릅니다. 실제로는 그럴 가능성이 낮다고 해도 그런 공포를 느끼지 않고 상상하지 않는 것은 커다란 결격 사유가 됩니다.

지금 일본에는 그런 허술함이 굉장히 광범위하게 번져 있는 것 같습니다. 지역에 따라 다르겠지만 미국에서 아침 산책을 하노라면 옆을 지나가는 사람마다 "하이!" 또는 "헬로!" 하고 인사합니다. 붐비는 거리에서 어깨라도 부딪히면 반드시 미안하다고 말합니다. 이런 모습을 보고 미국인은 친절하다고들 하는데, 틀린 말은 아닙니다. 다만 저는 미국의 독특한 상황 때문이라고 생각합니다.

미국은 이민자의 나라입니다. 전 세계인이 몰려와서 살고 있습니다. 미국 안에서도 빈번하게 이동하며 전직이 일상다반사입니다. 한 직장을 몇 년 이상 다니지 않으면 신용카드를 만들 수 없는 나라와 달리 다이내믹한 사회입니다.

당연한 얘기지만, 그런 사회에서는 만나는 사람이 어떤 사람인지 알 수가 없겠죠. 상상을 초월하는 나쁜 놈인지, 선한 사람인지 도저히 알 수가 없습니다. 그래서 누구를 만나든 '나는 나쁜 사람이 아닙니다. 당신에게 해를 끼치지 않아요'라는 사실을 알려 주기 위해 미소를 지으며 "하이!"라고 하는 것입니다.

반면 일본인들은 한 곳에 정착해서 오랫동안 삽니다. 인간은 대체로 악하지 않다, 나는 그 사람의 됨됨이를 잘 알고 있다, 내 상상의 범위를 벗어나는 인간이 있을 리 없다는 전제에서 살아가기 때문에 무뚝뚝한 표정으로 다녀도 상관이 없습니다.

가게에서도 마찬가지입니다. 미국이나 유럽은 가게에 들어오는 사람마다 "헬로!", "봉주르!" 하고 인사합니다. 먼저 인사를 건넴으로써 자신은 이상한 사람이 아니다, 위험하지 않고 적의도 없다는 점을 보여 주는 것입니다.

반면 일본인은 말이 없고 무뚝뚝한 얼굴로 아무런 거리낌 없이 불쑥 들어옵니다. 타인의 공간에 들어간다는 긴장감이 전혀 없습니다. 맘대로 들어오고 나가는 것이 당연한 권리인 양 아무런 의심도 품지 않고 방심합니다. 오히려 이런 방심을 바람직한 것, 솔직한 것으로 여기고 있습니다. 과연 그럴까요? 물론 방심하면 기분이 좋고 편안해집니다. 하지만 방심한 탓에 중요한 것을 놓치거나 잃어버리고 있습니다. 마음이 느슨해진 상태로 살아간다는 것이 얼마나 지루한 일입니까? 그런 상태로 살아도 된다고 생각하는 태도는 옷을 차려입는 즐거움이나 화려한 자리에 참석하는 설렘, 세련되고 맛있는 요리를 먹는 희열 등을 멀리하게 만듭니다. 난 그런 것 따위 필요 없다고 말할 수도 있겠지만 저는 그런 기쁨이 없으면 살아갈 수 없는 사람입니다. 또한 그런 즐거움을 추구할 줄 아는 사람을 좋아합니다. 그들이 마음이 느슨한 사람들보다 행복할 뿐 아니라 인생에 대해 진지하다고 생각합니다.

매뉴얼에 갇힌
기계적인 예의

예의를 존중하지 않고 예의가 가진 의미에 무감각하면 무의식중에 타인이나 세상에 익숙해져서 방심을 하고 맙니다. 그뿐만이 아닙니다. 자기 의지로 타인과 사회를 똑바로 마주 보거나 강인한 의지를 가지고 살아가려는 각오를 망각합니다. 예의는 자동적인 것이 돼서는 안 됩니다. 자동적이라기보다 반사적인 것이 돼서는 안 된다는 말이 정확할 것 같습니다.

생각 없이 이러이러한 경우에는 이런 식으로 인사한다는 절차에 따라 반응하는 것은 예의도 뭣도 아닙니다. 예의 바른 사람처럼 보여도 인생을 살아가는 데 필요한 긴장감의 표현이랄 수 있는 예의는 아니라는 말입니다. 오히려 정반대라고 보면 됩니다. 그래서 예의가 어려운 것입니다.

지금 이 시대는 생기 있고 재기발랄한 예의를 발휘하는 것이 상당히 어렵습니다. 시대적이라고까지 말하면 과장이겠지만 현대라는 시대가 가진 독특한 까다로움이 존재한다는 이야기지요. 이 세상에 사이비 예의가 만연하다는, 다시 말해 온갖 접객 매뉴얼 같은 것이 대인 관계를 뒤덮고 있다는 말입니다. 요즘 젊은이들의 예의나 대인 관계 매너는 접객 매뉴얼에 따라 만들어졌다고 봐도 과언이 아닙니다. 하지만 접객 매뉴얼은 예의의 적입니다.

제대로 교육받았다면 성인이 되기 전에 가정이나 학교에서 익혔어야 할(저 역시 대학에 몸담은 입장이라서 부끄럽게 생각합니다) 예의나 예절 규칙, 인사 방법을 대졸 신입 사원들에게 훈련하는 것은 꽤 오래된 이야기입니다. 직장인까지는 아니라도 패스트푸드 점원, 패밀리 레스토랑 웨이트리스, 편의점 점원에 이르기까지 젊은 아르바이트생을 기능적으로 움직이게 만드는 매뉴얼이 준비돼 있다는 사실은 알 것입니다.

접객 매뉴얼에는 고객을 대하는 태도, 말투, 고개를 숙이는 방법, 주문을 받는 방법부터 큰 사고에 대처하는 방법까지 모든 것이 총망라돼 있습니다. 물론 일하는 장소나 지위에 따라 달라지긴 하지만 매장 운영에 관한 모든 것이 매뉴얼에 따라 규정됩니다. 접객 매뉴얼이 지배하는 곳에서는 점장부터 아르바이트생까지 모든 직원이 매뉴얼을 지킵니다. 매뉴얼대로 웃고, 걷고, 고개를 숙이고, 말을 합니다. 매뉴얼을 준수하는 것 자체에 혈안이 돼 있습니다.

매뉴얼을 준수하는 것은 경영 측면에서 효율적일 뿐만 아니라 염가에 균일한 상품과 서비스를 전국적으로 제공하기에 효과적인 수단이 됩니다. 충분히 이해는 가지만 그것이 전부입니다. 극히 기계적이며 소비를 원활하게 조장하기 위한 수단에 지나지 않습니다. 이런 서비스 형태가 전국에 일률적으로 퍼졌고, 한편으로는 일상에서 예의가 거의 소멸해 버렸기 때문에 현재로서는 예의가 2,000원짜리 햄버거를 효율적으로

팔기 위한 절차와 동일시돼 버리고 말았습니다.

저 역시 예의 바른 모습을 경시하고 험한 말을 내뱉는 고등학생들의 마음을 모르는 것은 아닙니다. 접객 매뉴얼에 비하면 난봉꾼 같은 말투를 쓰는 편이 낫다는 것도 바로 그 이유입니다. 실제로 요즘 젊은 사람들이 갖춘 예의는 햄버거 가게의 찌든 기름 냄새나 소독약 냄새가 납니다.

접객 매뉴얼의 대응 방식이 왜 좋지 않을까요? 내용이나 절차가 좋지 않아서는 아닙니다. 접객 매뉴얼의 내용은 막대한 예산과 시행 착오를 거쳐서 만들었기 때문에 나름대로 잘 짜여 있다고 봅니다.

그런데 패스트푸드점에 들어섰을 때 점원이 웃는 얼굴로 맞이해도 왜 전혀 기쁘지 않은 걸까요? 솔직히 말하면 짜증이 납니다. 제 이야기를 곰곰이 생각해 보면 이해할 것 같습니다. 점원이 웃으면서 맞이해 주는 것이 아주 기쁘고 기분이 좋아진다면 애초에 예의에 대해 생각할 자격이 있는지 의심스럽습니다. 접객 매뉴얼이 만연한 풍조에 물든 것은 아닌가 싶습니다.

기쁘지 않은 이유는 그 여자 혹은 그 남자가 나에게

혹은 당신에게 미소 짓는 것이 아니기 때문입니다. 나를 만난 게 기뻐서 미소 짓는 것이 아닙니다. 단지 웃으라고 돼 있어서 웃을 뿐입니다. 접객 매뉴얼에 쓰여 있기 때문에 웃습니다. 정말 불쾌한 일입니다.

웃음은 자발적인 것입니다. 혹은 자발적으로 보여야 합니다. 대화 중에 상대방이 자연스럽게 미소 짓거나 웃음을 터뜨리면 참 기쁩니다. 마음이 편안해지고 해방감을 느낍니다. 이런 매력을 기계적인 웃음에서는 찾아볼 수가 없습니다. 인간의 자연스러운 특권인 웃음을 억지로 만들어 보이면 무참하고 모욕적인 느낌을 줄 뿐입니다.

사람에게
인사를 한다는 것

매뉴얼은 본래의 문맥과 전혀 다르게 사용되기도 합니다. 예의란 본래 사람과 사람의 관계에서 필요한데 관계를 벗어나 단지 반사적인 동작만 존재합니다. 이렇게만 하면 아무 문제 없다, 그런 식으로 해야 예의 바르게 보인다는 발상에서 작성했기 때문입니다.

예를 들면 몇 년 전부터 화장실 휴지 끝을 삼각형으로 접는 짓을 하는 사람들이 나타났습니다. 조신해 보이려고 하는 것 같습니다. 이미 알고 있듯이 원래 휴지 끝을 삼각형으로 접는 것은 청소부가 이곳은 청소를 마쳤다는 신호입니다. 그 삼각형이 흐트러져 있으면 점검하러 온 직원이 다시 청소하려 들 것입니다. 이는 화장실 미관에 신경 쓰며 자주 청소하는 호텔에서 만들어 놓은 양식이라고 들었습니다.

그러니 화장실 휴지 끝을 삼각형으로 접는 것은 "나는 청소부요!"라고 외치는 셈입니다. 전혀 우아하지도 않고 무의미합니다. 청소하는 분들을 폄하하려는 말이 아닙니다. 옷을 제대로 갖춰 입은 모습과 전혀 어울리지 않기에 우스꽝스럽다는 것입니다. 무엇보다 다들 화장지 끝을 접어 대는 통에 청소를 했는지 안 했는지 알 수 없으니 호텔 직원들에게 불편을 끼치는 일입니다. 그런 맥락도 생각하지 않고 단지 멋있어 보인다는 착각에 사로잡히는 건 정말 부끄럽기 짝이 없으며 박장대소할 일입니다.

매뉴얼에 갇히면 이런 말도 안 되는 일이 벌어지는 법입니다. 사실, 말에는 매뉴얼과 비슷한 종류의 우스꽝스러운 오류가 많습니다. 서비스직에 종사하는 사람들이 자주 범하는 오류는 사물을 가리키는 명사에 존댓말을 붙이는 것입니다. 귀에 거슬리는 것은 물론, 추해 보이기까지 합니다. 서비스직의 매뉴얼 같은 말투를 일상의 경어로 사용하다니 개탄할 노릇입니다.

이런 현상이 일어나는 이유 역시 예의범절이 사람과 사람 사이의 생생한 긴장감을 통해 나타나지 않기 때문입니다. 눈앞에 실제로 있는 상대방을 마치 없는 사람 대하듯이 자동적·반사적으로 대응하는 일이 많습니다. 지금까지 말한 것처럼 예의를 매뉴얼로 여기고 표현하기 때문입니다.

더 깊이 분석하면 인간 관계의 얄팍함 혹은 일면화 一面化 때문이 아닐까요? 일면화라는 지극히 개념적인 단어를 사용해서 죄송합니다. 일면화라고 한 것은 제 나름대로 젊은 사람들을 관찰하고 내린 결론인데, 그들은 자신이 타인의 눈에 어떻게 비칠지, 어떤 평가를 받을지 강박관념에 사로잡혀 있습니다.

타인과 마주하고도 관심은 오직 자기 자신 그리고 자신을 바라보는 시선에만 꽂혀 있습니다. 상대방이 자신을 어떻게 보는가에만 관심을 두는 거죠. 자신을 좋게 평가해 주는 사람과는 편하게 사귈 수 있지만 불편해하면 말도 섞지 않습니다. 이렇게 마주한 상황에서 과도하게 방어하는 자세를 '일면화'라고 합니다.

제 말이 극단적으로 들릴 수도 있을 것 같습니다. 하지만 사람들은 상대방이 대체 어떤 인간인지, 무슨 생각을 하는지, 겉모습이나 말과 마음이 어떻게 다른지 등에 대해서는 큰 흥미를 갖지 못하는 것 같습니다. 이런 것들에 흥미가 없고, 타인을 향한 호기심이나 심오한 대화에 대한 욕구가 없습니다. 상당히 심각한 사회 문제(휴대전화나 인터넷 같은 정보 기기의 보급과 떼려야 뗄 수 없는 문제라고 생각하지만)와 연결되는데, 직접적인 영향 혹은 피해를 가장 많이 받는 것이 예의범절이라고 생각합니다.

인사를 한다는 것은 이렇습니다. 바른 자세를 취하고, 상대방을 응시하고, 힘들어하면 손을 내밀고, 길을 열어 줄 필요가 있는지 살펴보고, 적당한 화제를 골라 이야기하면서 미소를 머금거나 진지한 혹은 걱정스런 표정을 짓습니다. 어느 하나도 반사적으로 할 수 있는 게 아닙니다. 지극히 깊이 있고 복잡한 판단이 필요합니다. 상대방과의 관계를 성찰하며 자신이 무엇을 요구하는지(호의인가, 선의인가, 경의인가, 아니면 자극적이거나 매혹적인 흥미인가) 계산한 뒤에 이뤄져야 하는 행동들입니다.

"안녕하세요."라는 인사말 한마디나 고개 한번 숙이는 행위를 소홀하거나 어설프게 해서는 안 되는 것입니다. 고개를 너무 깊숙이 숙여서 웃기는 경우도 있고, 목례만 하기엔 실례가 될 때도 있습니다. 고개를 숙이는 시간이나 고개를 드는 속도 등을 상황에 맞추는 한편 지극히 자연스럽게 행동해야 합니다.

이런 것까지 신경 써야 하다니 귀찮고 하기 싫겠지만 한번 생각해 보기 바랍니다. 여러분도 일상의 어느 장면에서는 다소나마 예의의 형태에 변화를 주며 대응하지 않나요? 슈퍼마켓 아르바이트 교육 때 가르쳐 주는 '고객 인사'를 늘 실천하는 사람은 없을 것입니다. 자신이 무의식적으로 예의범절에 변화를 준다는 사실을 의식해야 한다는 말입니다.

의식해야 한다는 말은 예의를 제대로 연출하라는 것입니다. 느낌이 좋은 인사, 긴장감이 팽팽하게 흐르는 인사, 애교가 담긴 인사… 어떤 인사를 할지 제대로 계획을 세우고 자연스럽게 실천하라는 얘기입니다.

'연출을 하라니, 상당히 어려울 것 같은데…'라고 생각하는 분도 있겠죠. 네, 맞는 말입니다. 거울을 보면서 이리저리 연습해 보는 것도 좋겠지만, 어쨌든 한 번에 잘할 수는 없습니다. 그렇기에 다도나 일본 무용, 매너 교실이 필요합니다. 전통 기예는 연출의 형식이 응축돼 있기 때문입니다. 다도의 예법은 자신을 연출하는 데 사용할 만한 틀과 참조할 사항이 많습니다.

군이 이런 게 아니라도 플라멩코 춤이든 소믈리에의 와인 시음이든 이용할 수 있는 틀은 많습니다. 중요한 것은 자신을 연출하는 데 이용하는 것입니다. 물론 틀을 받아들인다고 해도 매뉴얼 항목을 늘리는 데 그친다면 아무 소용이 없습니다.

경어를 제대로 쓸 것

경어와 존경심은
별개다

경어를 제대로 쓰는 건 만만하지 않습니다. 말투나 문법에 까다로운 노인네의 잔소리 같겠지만 '올바른 일본어'를 말하려는 게 아닙니다. 물론 저는 올바른 일본어라는 주제에 큰 흥미를 갖고 있습니다. 다만 고운 일본어를 쓰자는 얘기는 지금 주제와 어울리지 않을 것 같습니다.

이 자리는 좀 더 실천적이고 현실적인 언어 의식, 즉 언어를 창검으로 다루며 삶을 헤쳐 나갈 사람들을 위해 마련한 것입니다. 그래서 지금부터 다루는 주제는 올바른 일본어가 아니라 '옳다고 받아들여지는' 일본어입니다. 아니면 이렇게도 말할 수 있을 것 같습니다. 아름다운 일본어가 아니라 아름답게 들리는 일본어, 알기 쉬운 일본어가 아니라 상대방이 알아듣는 일본어입니다.

유감스럽게도 어른의 세계에서는 모든 것이 상호적이며 타인의 존재를 무시해서는 일이 진행되지 않습니다. 확실한 것은 자신을 속이지 않으면서 활발하고 우아하게 살아가려는 의지뿐입니다.

이제 경어에 대한 이야기를 하겠습니다. 경어가 어려운 것은 존경어와 겸양어를 구분해서 사용하는 게 어렵다는 얘기가 아닙니다. 물론 어렵기는 하지만 어른이라면 경어를 제대로 구사해야 합니다. 단, 경어의 어려움을 문법 차원으로 생각해서는 안 됩니다. 문법상 올바른 경어를 쓰라는 의미가 아닙니다. 그런 것은 일본어 교사나 뉴스 프로그램의 베테랑 아나운서에게 맡기면 되고(그들도 요즘은 믿음이 가지 않지만…), 우리는 경어가 경어의 결실을 거두고 제 기능을 다하도록 하면 됩니다.

경어의 기능이란 무엇일까요? 말할 것도 없이 대화 상대 혹은 화제에 오른 상대에게 경의를 표현하는 것입니다.

그렇다면 경의란 무엇일까요? 여기까지 읽었다면 경의가 상대방에 대한 존경심, 존중하고 싶은 마음 같은 단순한 얘기는 아닐 것 같다는 의식은 갖고 있으리라 봅니다. 경어를 사용하는 상대, 경어를 사용할 수밖에 없는 상대에게 당신 자신은 어떤 식으로 경의를 표현하는지 잘 살펴보기 바랍니다. 그러고 보니 상대방에 대한 본질적인 존경심 따윈 눈곱만큼도 없다는 사실이 확연해지지 않았나요?

또 사람을 사람답게 보지 않는다고 생각할지도 모르겠습니다. 다시 한번 말하지만 경어의 사용과 존경심은 아무런 관계가 없습니다. 평상시 경어를 사용하는 사람들을 떠올려 보십시오. 거래처 사람이나 직장 상사, 선배, 교사, 시댁 어른이나 처갓댁 어른…. 당신은 소위 말하는 윗사람에게 어느 정도의 경의를 갖고 있습니까? 물론 그중에서는 존경할 만한 분도 있겠지요. 하지만 곰곰이 생각해 보면 대부분이 속수무책인 데다 본받을 만한 구석이라곤 없을 것입니다.

'곰곰이 생각해 본다'는 것이 중요합니다. 당신은 어렴풋하게나마 윗사람들이 존경할 가치가 없는 존재라는 점을 인식하면서도 그 사실을 늘 의식하며 살지는 않을 것입니다. 사실은 가치 없는 사람들이라는 인식을 괄호에 넣어 둔 셈이지요. 우선은 의식하지 말자며 말입니다. 사회 생활을 원활하게 할 수 있는 아주 중요한 태도입니다.

일단 괄호에 넣었음에도 불구하고 의식에서 도저히 지울 수 없을 정도로 막돼먹은 사람도 있습니다. 그런 자가 윗사람이라는 사실이 참기 힘들 만큼 고통스러울 수도 있을 것입니다. 인품도 비열하고, 업무 능력도 떨어지고, 센스는 최악이고, 악취를 풍기는데도 둔감하기 짝이 없게 자신은 착하고 남들이 다 좋아한다고 착각하는 사람은 어디든지 존재합니다. 당신이 용기가 있고 부자라면 킬러를 고용해서 암살하는 방법도 있겠지요. 하지만 그런 쓰레기 때문에 돈을 쓰고 범죄자가 되는 위험을 무릅쓰는 것은 바보 같다는 이성이 작동한다면, 그가 비명횡사하거나 좌천을 당하는 행운이 찾아들기를 빌며 직장에서 그가 설 자리가 없어지도록 치밀한 작전을 펼칠 수밖에 없습니다.

잠깐 얘기가 옆길로 새고 말았네요. 중요한 것은 꼴도 보기 싫어 죽겠다는 정도는 아니지만 존경할 만한 가치가 없는 사람들과 매일 밀접하게 얽혀 있으며 그런 자들을 윗사람으로 떠받들어야만 한다는 사실입니다. 일을 하고 생활을 꾸려 나가려면 대개는 존경할 가치가 없는 사람들에게 지시를 받거나, 가르침을 받거나, 승인을 받아야만 합니다. 그들과 마주할 때마다 상대방의 비루함을 의식한다면 정말 일하기 싫어지고 살맛이 나지 않을 것입니다.

그 따분한 상황에서 당신을 구해 주는 것이 경어의 첫 번째 기능입니다. 사람은 경어를 사용함으로써 상대방의 인품을 자로 재야 하는 스트레스에서 해방됩니다. 경어를 사용함으로써 윗사람에 대한 평가와 상관없이 그에게 경의를 품은 것처럼 대할 수 있습니다. 따르고 배움을 청할 수 있습니다. 이 얼마나 편리합니까? 경어란 경의의 표현이 아니라 경의에 관계없이 상대방과 상하 관계를 만드는 언어입니다.

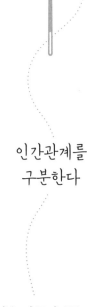

인간관계를
구분한다

무의식중에 관계성을 만들어 주는 경어는 상당히 편리
하지만 동시에 큰 폐해를 가져다줍니다. 저는 무의식
에 대해 끈질기도록 비난했습니다. 의식하지 못한다는
것은 언어에 대해, 말하는 법에 대해, 자신과 상대방의
관계에 대해, 그리고 많은 사물에 대해 무감각하다는
것을 의미하기 때문입니다.

어른이라면 의식하지 않는 것, 의식하고 싶지 않은
것에 대해 명확한 인식을 가지고 도전해야 하며, 자신
과 타인과 세계를 응시할 수 있어야 합니다. 자각하지

못하고 자신의 입장이나 위치를 어설프게 인식하는 것은 부끄러운 일이라고 마음에 새기는 용기와 긴장감이 있어야 어른입니다. 중요한 것을 모호하게 만들어 놓고도 아무렇지 않을 만큼 둔감하거나, 인식하고 고찰하는 긴장감을 견디지 못하면 이 세상을 활기차게 살아갈 수 없습니다.

원래 이야기로 돌아오면, 경어에는 이런 의식을 무디게 만드는 요소가 있습니다. 기계적으로 경어를 사용하는 동안 상대방에 대한 인식이 무뎌지고 맙니다. 그쪽은 경어를 써야 되는 사람, 이쪽은 반말해도 되는 사람이라고 구분하는 바람에 대화를 통해 그들을 제대로 평가할 수 없어집니다. 경어란 인간 관계를 구분함으로써 성립하는 언어입니다. 구분한다는 것은 경어를 사용해야 하는 상대, 상황, 입장을 나눈다는 말입니다.

당연한 말이지만, 이런 구분이 단순하고 경직된 것은 아닙니다. 아르바이트할 때는 경어를 사용한다거나, 직장에서는 경어를 써야 한다는 단순한 문제가 아닙니다. 오히려 매뉴얼 세계의 단어를 사용하는 것은 별 문제가 안 됩니다. 물론 우리는 많건 적건 매뉴얼이 지배하는 세계와 관계를 맺지 않고서는 살아 나갈 수 없습니다. 어쩔 수 없이 매뉴얼 화법에 대해 늘 긴장하고 있어야 합니다.

경어의 긴장감이란 무엇일까요? 경어의 본질에 대해 항상 의식해야 한다는 것입니다.

경어의 본질이란 무엇일까요? 인간이란 결코 평등하지 않으며 똑같은 존재도 아니라는 사실입니다. 인간이 평등하지 않다니, 이 말을 듣고 놀라지는 않았나요? 물론 저 같은 사람을 비롯해서 인간은 누구나 법적·공적으로 평등하다고 생각합니다. 평등하지 않으면 곤란합니다.

하지만 개개인의 주관을 통해서 본다면 인간은 결코 평등하지 않습니다. 상당히 큰 편차를 갖고 있습니다. 아니, 인간은 평등하다, 인간은 누구나 똑같은 가치를 갖고 있다고 말하는 분은 더 이상 이 책을 읽지 않아도 됩니다. 그렇게 마음씨가 아름답고, 자신은 착하다고 생각하는 분은 이 책의 독자로 어울리지 않습니다.

제가 건방지다고 생각해도 어쩔 수 없습니다. 하지만 언어에 대해 생각할 때는 반사회적 감각을 가져야 합니다. 세상에서 위세를 떨치며 통용되는 관념을 있는 그대로 받아들이면 제대로 대화하기 어렵습니다. 그게 바로 제가 악을 이야기하는 이유입니다.

인간은 평등하지 않다는 전제를 밝혀 두는 일이 왜 경어를 사용할 때 중요할까요? 경어는 자신이 상대방과 결코 평등하지 않다는 의식을 직접적으로 드러내기 때문입니다. 경어는 상대방과 자신이 대등하지 않다는 긴장감을 드러냅니다.

저는 친한 친구들 사이에서도 경어를 쓰는 편입니다. 경어를 좋아한다기보다 옳다고 생각합니다. 뭐, 술 한잔 하고 거나하게 취했을 때는 예외지만 말이죠. 무례한 말을 아무 스스럼 없이 주고받거나 대등한 입장에서 대화하는 것이 친밀함의 표현이라고 생각하는 사람이 적지 않습니다. 하지만 제 생각을 말하자면 친근함의 표현이 아니라 단순히 마음이 느슨해진 것입니다. 저는 여자 친구들과 아무리 친해도 말을 놓지 않습니다. 아내에게도 마찬가지입니다.

경어를 사용하면 서먹서먹하다고 생각할 수도 있겠지만 연인이든 부부든 모두 타인입니다. 연인 사이라고 해도 타인이라는 인식이 있어야 비로소 신뢰와 존경이 생겨나는 것이고, 더 나아가서 응석도 부릴 수 있습니다. 이런 인식이 무너져 버리면 친밀함도 뭣도 생겨날 수 없으며 관계 역시 점점 이상해질 뿐입니다.

그런 점에서 간사이関西 사투리의 경어가 재미있습니다. 오사카, 교토, 고베 사람들이 말하는 걸 유심히 들어 보면 특히 나이 든 여성들의 말이 괜찮습니다. 가만히 듣고 있자면 그 말의 부드러움과 더불어 자연스럽게 경어를 쓰는 데 놀라고 맙니다. 부부 사이는 물론이고 자기 아이에게 말할 때도 "……했어요."라며 경어를 사용합니다. 심지어는 피해를 입고도 "도둑님이 드셨다."라고 나긋나긋한 경어를 씁니다.

경어는 정말 우아하다는 사실을 부정할 수가 없습니다. 상대가 어린애든, 얼굴조차 모르는 도둑이든 경어를 써서 방심하지 않는 의식을 드러내는 점이야말로 우아함의 정점이라는 것도 부정하기 어렵습니다.

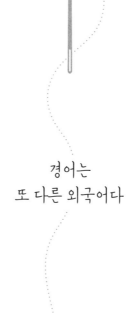

경어는
또 다른 외국어다

제가 아는 교토의 요릿집 주인은 아주 심술궂어서 입에 올리는 말마다 남의 험담입니다. 하지만 너무나도 나긋나긋한 교토 사투리로 말하는 터라 귀에 척척 감겨 옵니다. 한번은 스시집에서 맛있는 전갱이를 먹었다고 하니까 "그거 잘하셨네요. 그 집 전갱이는 양식한 좋은 물건이라 기름이 올라 맛이 깊지요."라고 받더군요. 자연산이 아니라는 점을 깎아내리는 것인데, 험담이지만 완곡하고 부드럽게 에둘러서 하니까 정말 감칠맛이 느껴졌습니다.

교토 분들 역시 다른 지역 사람들처럼 각박한 세상을 살아가고 있으니 세상을 헤쳐 나갈 나름의 처세 방식이 있을 겁니다. 그런데 그런 처세의 방식이란 게 순하게 한방을 날리니까 저 같은 도쿄 사람들은 교토 사람더러 속이 검다고 비난하는 것입니다. 하지만 이는 어설픈 인식을 갖고 있어서 퍼붓는 비난입니다. 정중한 사람일수록 대인 관계에 의식적이고 빈틈이 없습니다. 그것도 모르고 얼떨결에 한방을 맞았다며 속이 검다고 유치한 투정을 부립니다.

투정만 할 것이 아니라 빈틈이 없는 자세를 아주 우아한 말투에 담아서 표현하는 모습에 경의를 품어야 합니다. 경어란 고도의 세련과 악을 가득 담을 수 있는 그릇이니까요.

이제 경어가 가진 우아하면서도 미적인 측면을 어떻게 연출할지 생각해 봅시다. 경어란 세 가지로 구분됩니다. 겸양어, 존경어, 정중어입니다. 특히 조심해서 써야 하는 것이 정중어(자신을 낮추는 겸양어, 상대방이나 화제에 등장하는 사람과 행동을 공경하는 존경어와 달리 듣는 사람에게 정중한 말을 써서 경의를 나타내는 경어다.─옮긴이 주)입니다. 매뉴얼의 세계에서는 정중어가 우선시되기 때문입니다. 모든 명사에 존칭 '어御'나 '님樣'을 붙이고 마는 이상한 사태가 일어나는 이유입니다.

정중어는 경어의 전형적인 오남용이라기보다는 무지함과 천박함을 폭로하는 것이라고 말할 수 있습니다. 명사에는 되도록 정중어를 붙이지 않도록 합니다. 물론 문맥상 정중어를 사용하지 않으면 뭔가 어색한 경우도 있지만 기본적으로 명사의 정중어는 사용하지 않는 게 좋다고 봅니다.

존경어와 겸양어까지 조합해서 사용하는 경우라면 더더욱 정중어를 사용하지 않아야 팽팽한 긴장감이 느껴집니다. 정중어를 겹쳐서 쓰면 설탕을 지나치게 넣은 커피처럼 돼 버립니다. 모름지기 경어란 설탕 같은 역할을 하는데 정중어는 특히나 풍미가 없는 인공 단맛을 발산하는 것 같습니다. 저는 논칼로리 설탕 부류의 그 맛을 정말 싫어합니다.

물론 과학의 힘을 빌려 합성된 단맛이 몸에 부담을 주지는 않습니다. 그래도 다소나마 민감한 혀는 자신이 속고 있다는 것 혹은 스스로 속이고 있다는 사실을 알아챕니다. 논칼로리 설탕을 먹으면 안 된다는 말이 아닙니다. 다이어트는 남자답지 못하고(아니, 저는 눈앞의 쾌락에 지극히 약한 터라 몸매를 위해 쾌락을 포기하는 건 꼴사납다고 생각합니다. 아름다운 여성을 정말 좋아하면서 잘 먹는 여성 역시 좋아합니다), 젊은 여성도 다이어트를 해서는 안 된다는 말이 아닙니다.

논칼로리 설탕은 진정한 단맛이 아닙니다. 그 단맛으로 자기 자신을 속이고 있다는 점을 의식해야 한다는 것입니다.

정중어도 비슷합니다. 정중어가 상당히 질 나쁜 맛 혹은 쓴맛을 은폐한다는 사실을 제대로 의식해야 합니다. 정중어를 사용하지 않아야 한다면 존경어와 겸양어는 어떻게 사용해야 할까요? 경어의 남용을 논의할 때 가장 빈번하게 지적받는 것이 존경어와 겸양어의 혼용입니다.

보통 존경할 만한 상대방의 행동에 겸양어를 쓰고, 겸손해야 할 자신의 행동에 존경어를 쓰는데 정말 보기 흉합니다. 게다가 제가 관찰해 보니 책을 통해 얻은 지식이 풍부한 사람일수록 겸양어와 존경어를 혼용해 버리는 실수를 범합니다.

제가 아는 요리사는 주방에서 엄격하기로 유명합니다. 너무나 위엄 있게 명령을 내리기 때문에 직원들의 말투가 이상해질 정도입니다. "내 새우가 어디 있는 거야?" 하고 고함치면 직원들은 엉겁결에 "여기 계십니다."라며 새우에게 존경어를 사용합니다. 이 경우 "여기에 있습니다." 혹은 "여기에 있어요."가 맞는 용법입니다.

왜 이런 잘못이 일어나는 것일까요? 정중어의 남발과 비슷합니다. 경어와 관련된 막연한 이미지 때문이죠. 반말에 비해 얼마나 높였는가를 중요시하는 경어는 지극히 막연하면서도 모호합니다. 대충 이런 느낌이라는 이미지로 형성되고 사용되는 것입니다. 실제로 언어에 관한 지식이나 인식이 없는 사람보다는 풍부한 사람들이 어중간한 지식에 의지하여 경어의 이미지에 사로잡히기 쉽습니다.

경어를 제대로 사용하려면 어떻게 해야 좋을까요? 우선 자신이 지금 언어를 통해 뭘 하려고 하는가, 무슨 얘기를 하고 싶은가를 의식해야 합니다. 의식하면서 대화한다는 말은 결국 능숙하지 않은 외국어로 말하는 느낌입니다. 외국어를 배우기 시작할 무렵에는 머리로 번역하면서 말을 하게 됩니다.

경어는 외국어 같은 존재라는 점을 의식하기 바랍니다. 그래서 구사하기 힘들다는 것입니다. 너무 더듬거리면 안 좋겠지만 우선 외국어라는 의식을 갖는 것이 중요합니다.

타인과 얼굴을 마주하다

만남의 기회가
줄어든다

지금까지 대화에 대해 이런저런 얘기를 해 봤으니 이제 대화가 나뉘는 상황 자체를 알아보도록 하죠. 사람이 대화하는 모습은 다양합니다. 인간은 언어를 가진 동물이라고 정의 내린다면 인간이 인간으로서 행동하는 모든 자리에는 언어가 그리고 대화가 연관돼 있다고 봐야 합니다. 가정에서 나누는 대화, 이웃끼리 주고받는 대화, 쇼핑할 때 필요한 대화를 비롯해 학교와 일터에서의 대화 등 타인과 언어를 주고받는 상황은 아주 많습니다.

그런데 대화의 필요성이 점점 줄어들고 있습니다. 슈퍼마켓에서는 말 한마디 없이도 물건을 살 수 있는데, 그런 상황에 익숙해지면 정장을 고르면서 점원과 소소하게 나누는 대화가 짜증날 정도입니다. 일할 때도 회사 안팎에서 이메일로 연락합니다. 학교에서 선생님이나 친구들에게 질문하고 연락할 때도 이메일을 이용합니다. 친구나 연인 사이라도 실제로 대화를 나누는 일이 줄어들고 있습니다. 휴대전화를 통해 친구가 됐다가 결혼에 이른 사례도 점점 늘어나고 있습니다. 이성끼리의 대화도 얼굴을 보며 말하기보다는 휴대전화 문자가 훨씬 재미있고 본심을 터놓을 수 있다고 합니다.

옛날에는 얼굴을 마주하고 말하기 힘들 때 그 심정을 전달하려고 편지를 썼는데, 지금은 문자가 일상적인 일이 되어 버렸습니다.

하지만 얼굴을 마주하고 나누는 대화가 줄어드는 만큼 대화할 때 의식적이어야 한다고 봅니다. 대화의 기술이 필요하다는 얘기입니다. 사람과 사람이 얼굴을 맞대고 생생하게 대화하는 기회가 줄어든다는 것은 대화의 기술을 단련하는 기회가 줄어든다는 뜻입니다. 지금부터라도 일상에서 의식을 쌓아 가고, 주의 깊고 의식적인 대화로 이끌어 가며, 인상적인 대화에 대해 평가하고 반성하는 것이 필요합니다.

지금 시대는 얼굴을 마주하고 대화하는 의미가 상당히 커지고 말았습니다. 얼굴을 보는 것이 아주 중요한 기회가 돼 버렸습니다. 전에는 일하는 동안 자주 만나 얼굴을 봤지만 이제는 이메일로 연락을 주고받다 보니 목소리도 듣지 못합니다. 일 때문에 새롭게 만난 사이라도 얼굴을 보는 것은 첫 만남뿐이고 그 뒤는 이메일이나 전화를 통해 대화합니다.

그래서 얼굴을 보는 기회에 좋은 인상을 줘야 할 뿐 아니라 의사 소통의 토대를 마련해 둬야 합니다. 좀처럼 드문 기회를 확실하게 살리려면 의식적인 접근이 필요하다는 것은 말할 필요도 없습니다.

얼굴을 보는 기회가 줄어들면서 대화의 성격 자체가 바뀌고 있습니다. 정보 혁명으로 인해 마주할 기회가 점점 더 줄어든다면 대화에서 일이 차지하는 비율도 적어질 것입니다. 당연히 일보다 개인적인 얘기가 화제에 오르겠지요. 가족이나 친한 친구, 연인 사이에서는 의식적인 대화가 크게 필요하지 않습니다.

물론 친한 관계도 기술적이고 전략적인 접근은 필요하다고 봅니다. 하지만 지나치게 기술적으로 접근하면 부작용이 클 수도 있습니다. 요즘은 부부나 가족 간에 대화가 부족하다는 말을 자주 하는데, 기술의 문제가 아니라 대화를 시도할 능력이나 서로에 대한 배려가 없기 때문이라고 봅니다.

대화의 기술이 문제 되는 것은 역시 첫 만남이나 거리가 있는 관계입니다. 이런 상대와 개인적인 장소에서 만나는 것을 '사교'라고 말할 수 있을 것 같습니다. 간단히 정리하면 업무를 떠나 불특정다수의 사람들과 사귀는 것을 말합니다. 식당, 술집, 클럽, 카페 등 사람들이 모이는 다양한 장소에서 대화하는 것, 다음에 또 만나서 할 놀이를 정하고 계획을 세우는 것이 사교입니다. 앞으로 사교는 점점 더 중요해질 것입니다. 정보혁명이 진행되면서 직접 얼굴을 마주하는 기회가 빠른 속도로 줄어들기 때문입니다.

얼굴을 마주하지 않고도 일을 진행하는 시스템이 업

무의 비약적인 효율화를 가져오는 건 사실이지만 동시에 잘 유지돼 온 사람들의 조화를 깨뜨리고 맙니다. 우리는 상식이나 양식이라는 피상적인 잣대를 가지고 살아갑니다.

한편 모든 사물을 삼단논법으로 추론해서 판단하는 사람은 별로 많지 않습니다. 대부분의 사람들은 직감적으로 판단해 버리고 마는데 그런 순간의 판단을 뒷받침하는 기준이 바로 상식입니다. 상식은 선험적으로 존재하는 것이 아니고 어디까지나 사람들과 사귀는 과정에서 생겨나는 것입니다.

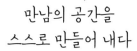

만남의 공간을
스스로 만들어 내다

상식이란 하나하나 반성하거나 분석을 거치지 않고 그
때그때 상황에 맞는 판단을 내리는 것을 의미합니다.
균형 감각이라고 바꿔 말해도 좋을 것 같습니다. 즉, 임
기응변이 요구되는 상황일 때 순간적인 판단 기준이
되는 것으로, 이지理知라기보다 감성의 결정체라고 할
수 있습니다. 두말할 것도 없이 대화는 이런 감각에 의
해 지탱됩니다. 글을 쓰는 사람이 할 얘기가 아닌 것
같지만, 결국 대화는 얼굴을 마주하고 나누는 자리가
아니고서는 발전할 수 없습니다.

감성이나 상식은 성장할 수 있습니다. 정확하게 말하면 무의식적인 것에 대해 반드시 의식적이어야 합니다. 운전 연습을 할 때를 떠올려 보십시오. 처음에는 머릿속에 순서를 떠올리면서 핸들을 움직였지만 점차 몸에 익혀서 나중에는 무의식적으로 차를 몰게 된 과정을 기억할 것입니다.

대화도 마찬가지입니다. 지금 여러분이 쓰는 말투나 몸짓 따위도 무의식적인 것 같지만 사실은 오랫동안 인위적으로 형성된 것입니다. 그 감각을 타고난 것이 아니라 몸에 익힌 것으로 받아들이고 반성해야 합니다. 동시에 직접 운전해 보지 않으면 힘들게 배운 무의식적인 운전 감각이 사그라지는 것처럼 대화 역시 실제로 사용할 기회를 만들지 않으면 대화와 관련된 상식이 고갈되어 버립니다.

사교란 어떤 자리일까요? 업무나 협상과는 거리가 먼 자리라는 점은 말했습니다. 업무나 협상과 거리가 먼 자리란 대체 뭘까요? 그 특징을 한마디로 말한다면 당신이 속한 사회적 위치에서 벗어난 자리입니다. 회사의 인간 관계는 상사나 동료, 후배라는 역할과 위치에 의해 질서가 만들어집니다. 시장이라면 고객과 상인이라는 입장이 있고, 학교라면 교사와 학생이라는 위치가 있습니다.

그런 역할이 없는, 일단 없다고 보는 것이 사교의 자리입니다. 이 자리에서는 인간이 사회에서 살아가기 위해 필연적으로 가질 수밖에 없는 역할이나 위치를 괄호에 넣고 사귀기 시작합니다. 지금 세상에 그런 자리가 어디에 있느냐고 물어볼 것 같습니다.

앞에서도 말했듯이 대화 요령이 시시각각 매뉴얼화되면서 예전에는 모호했던 관계까지도 기능적으로 분류되고 있습니다. 몸담은 곳마다 각자의 위치가 정해져 있고, 그곳에서 어떻게 행동해야 하는지도 역시 매뉴얼에 따라 결정되어 버린 상황입니다. 그러다 보니 젊은이들뿐 아니라 중년이나 노년층까지도 기능화된 쪽이 편하다, 대응 방식을 정해 놓은 편이 신경을 덜 써도 되니까 낫다는 생각을 합니다.

기능적인 입장에서 벗어나 타인을 만나는 것은 익명의 교제 공간, 즉 인터넷 같은 공간만으로 한정돼 버립니다. 실제로 이런 커뮤니케이션이 상당한 지지를 받고 있는 이유는 우리의 생활이 지나치게 기능적으로 변해서 숨이 막혀도 쉽게 빠져나올 수 없기 때문이라고 봅니다.

하지만 익명의 공간은 자신의 위치뿐만 아니라 이름을 포함한 모든 정체성을 말소해 버립니다. 편안할 수는 있지만 아무런 책임도 지지 않기에 의미 있는 교제가 이루어지지 않습니다.

그럼에도 불구하고 사회적 위치나 역할과 상관없는 교제가 중요한 것은 그렇게 만나야 인간적인 매력이나 대화 능력을 찾을 수 있기 때문입니다. 물론 사람의 가치를 사회적 위치나 역할과 분리해서 매길 수는 없습니다. 실제로 사회적 위치나 역할을 뺐을 때 매력이 없으면 역시 인간으로서의 진가도 발휘할 수가 없습니다. 사회적 역할과 인간미는 상호보완적인 터라 이해력과 설득력이 부족하면 타인에 대한 상상력을 발휘하지 못해 제아무리 지위가 높아도 시시한 인간에 불과할 뿐입니다.

한편 인간적으로 반짝반짝 빛난다 해도 사회적 위치를 만드는 지속적인 노력과 자각이 없다면 신뢰하기 힘들 것입니다.

문제는 사회적 공간이 중요하다고 해도 좀처럼 그런 자리에 나갈 기회가 없고 아예 불가능해 보인다는 점입니다. 물론 지금 같은 시대에도 사교는 성립할 수 있습니다. 다만 막연하게 얻기는 힘들고 의식적으로 기회를 찾아야 가능한 일입니다.

생각을 살짝 바꿔 보면 어떨까요? 사회적 공간이란 이미 마련된 장소로서 제공되어야 하는 것이 아니라 자신의 노력과 재능으로 만들어 내는, 혹은 만들어 내기 위해 부단히 노력해야 하는 것이라고요. 좀 더 본질적인 의미에서 본다면, 이미 어딘가에 존재하는 모임에 참가하는 것이 아니라 스스로 그 자리를 꾸려 가는 적극성이야말로 사교를 생생하고 의미 있는 만남으로 이끌어 줍니다.

기능화될 수 없는
사람과 사람의 관계

그런 자리를 어떻게 만들어야 할까요? 어떻게 만들면 마음에 들겠습니까? 무책임하게 들릴지도 모르겠습니다만 사교에 관한 한 정해진 방식 따위는 없습니다. 방식보다는 어떤 형태로 사교의 장을 만들 것인가 하는 의식이 중요합니다.

　오늘 만난 사람을 단지 교제의 상대로만 바라보지 말고 어떻게 하면 사교의 장을 만들까 하는 의식을 가지고 대해야 합니다. 항상 사교의 장을 만든다는 의식으로 사람과 자리를 관찰해야 합니다. 즉, 사교의 프로

듀서로서 사람과 세상을 바라보는 것이지요.

당연한 말이지만 이런 의식을 가지면 막연히 자신의 기호나 이익만으로 사귀지 않고, 자신이 만든 사교의 공간을 어떻게 활성화하고 연출할 것인가라는 한 단계 높고 깊은 의식을 가지고 바라볼 수 있습니다.

학교나 회사 동아리 모임에서 송년회 총무를 맡아본 경험이 있을 겁니다. 총무를 맡으면 여러 가지 신경 쓰이는 것이 많아집니다. 모이는 사람, 모임 장소, 예산을 비롯해 자리 배치부터 음식과 음료 주문까지 하나하나 결정해야 하고, 무엇보다 재미있어야 한다는 걱정이 앞섭니다. 당연히 마음이 무거워집니다.

하지만 총무는 모임의 연출가이기도 하니까 그 자리의 모든 것을 지휘할 수 있습니다. 사교 모임을 연출해봄으로써, 즉 그 자리에 몸을 맡기는 것이 아니라 직접 자리를 만드는 입장에 놓임으로써 한 단계 높은 위치에서 전체를 둘러볼 수 있습니다. 가만히 받는 입장과 나서서 하는 입장에는 아주 중요한 차이가 있습니다.

편하긴 관객으로 있는 것입니다. 하지만 초대받는 자보다도 초대하는 자 그리고 초대자로서 책임을 떠안을 수 있는 기개를 가진 자만이 세상을 움직여 나갈 수 있습니다. 초대받는 자가 누리는 편안함에 의지하는 한 주체적으로 세상과 관계 맺으며 살아가기는 매우 어렵습니다. 반대로 말하면 초대하는 자의 책임감과 창의력이야말로 의욕적으로 살아갈 수 있는 자격입니다.

일터에서 총무를 맡았다면 실패가 용납되지 않는 막중한 책임이 따르지만, 사적인 자리라면 어떨까요? 재미있을 것 같지 않습니까? 다른 직업을 가진 사람들끼리 교류하는 모임을 주선하거나 미팅의 주최자가 되라고 권하는 것처럼 들릴 수도 있겠지만(뭐, 젊을 때는 그런 역할을 맡아 보는 것도 귀중한 경험이 된다고 생각합니다만) 그렇지는 않습니다.

사교의 장이라고 하면 구체적인 장소나 기회를 떠올리기 쉽습니다. 하지만 술집이나 카페, 칵테일 파티가 사교의 자리는 아닙니다. 모임을 가지려면 장소가 꼭 필요하지만 그것만으로 사교가 성립되지는 않습니다. 사교의 겉모습에 불과할 뿐 본모습은 아닙니다. 사교의 본모습은 사람과 사람의 관계를 씨실과 날실로 엮어 내는 직물 같은 게 아닐까요? 사람들의 관계가 생생하게 숨 쉬는 공간으로 술집이 있으며, 관계를 엮어 주는 자리로 파티가 있습니다.

사람과 사람의 관계를 어떻게 만들어 나갈 것인가. 이것이 진정한 사교의 묘미입니다. 당신이 알고 있는, 혹은 알았던 사람들끼리 어떻게 관계를 맺어 줄 것인가. 미지의 사람과 사람을 단지 필요에 의해서가 아니라 취향이나 사회적 위치를 생각하여 소개하고 연결해 주면서 사교의 장이 형성됩니다.

온갖 정보가 범람하고 갖은 편의가 제공되는 세상에서 도저히 기능화될 수 없는 것이 사람과 사람의 만남이고 관계의 발전입니다. 사교는 기능화의 흐름을 역행하는 부분이 있습니다.

약간 어려울 수 있을 텐데, 프랑스의 현대 사상가 질들뢰즈Gilles Deleuze와 펠릭스 가타리Félix Guattari는 함께 펴낸 《천 개의 고원》에서 사회와 사교를 대립적으로 다루고 있습니다. 사회란 인간을 조직화하면서 기능화하는 흐름이라고 말합니다. 또한 사람은 그가 속한 사회 조직의 위치에 의해 구별되며, 그 위치에 따라 사람과 사람의 관계가 결정되고 의미가 부여된다고 주장합니다.

사교는 기능화의 움직임에 역행하는 것입니다. 사교는 사회적 기능 안에서 만날 가능성이 낮은 사람들을 만나게 해 주며, 조직화하지 않고 순간의 불빛 속에서 현실을 바꿔 나가는 모험입니다. 물론 사교라고 해도 사회적 위치 자체를 무시할 수는 없습니다. 그러나 사교 자리에서는 사회적 위치와 상관없이 발가벗은 인간성이라고 할 만한 인격, 의미 그대로 인간의 격格을 묻게 됩니다. 격이란 그 사람의 감수성이나 배려, 시야의 폭, 적극성, 용기 등을 의미합니다.

반대로 말하면, 사교란 사회적 위치를 갖지 못한 사람이나 포기한 사람이 아니라 오히려 그 위치를 원하는 사람들에 의해서만 꾸려 나갈 수 있습니다. 현대 사회의 시스템에서는 사회적 위치가 높을수록 인격을 수양하기가 어렵습니다. 그 위치가 나름의 보호막을 쳐 주기 때문입니다.

대기업 중역들을 보면 분명히 알 수 있습니다. 출퇴근을 도와주는 운전기사와 성실히 일해 주는 비서 그리고 주위의 배려 덕분에 쾌적한 밀실에 처박혀 있다 보면 자연스레 자신의 격을 점검할 기회를 잃어버립니다. 순조롭게 엘리트 코스를 밟은 사람일수록 그 위치의 매력이 인격을 마비시키기 쉽습니다.

사회적 위치를 무시하라는 얘기가 결코 아닙니다. 인생을 활기차게 살아가려면 꼭 필요합니다. 다만 사회적 위치를 손에 넣은 인간이야말로 인격을 점검할 기회가 필요하다는 점을 인식해야 합니다.

제가 존경하는 사교의 달인은 니시베 스스무西部邁 선생님입니다. 니시베 선생님은 여럿이 모여 술을 마시는 자리가 있으면 꼭 몇 가지 화제를 준비해 와서 한 사람도 빠짐없이 대화에 참가하도록 배려합니다. 가장 감동한 부분은 사회적 위치에 따라 차별하지 않는다는 점입니다. 처음 만난 학생이라도 열심히 얘기하면 몇 시간이든 귀 기울여 줍니다. 한편 아무리 위치가 높은 사람이라도 예의에 어긋나거나 바보 같은 얘기를 하면 가차 없습니다.

저는 한 번 동석한 적이 있는데, 선생님이 가장 잘나가는 관청의 사무차관에게 "이런 바보를 봤나. 그 입

다물게."라고 말하는 것을 보고 깜짝 놀랐습니다.

니시베 선생님 같은 달인이 되려면 사고 능력뿐 아니라 인품과 교양도 남들이 따라올 수 없을 만큼 높아야 합니다. 그런 분이 있어야 사람과 사람의 인연이 만들어지고 모임이 생기고 사교도 활발해집니다.

자신을 제대로 연출한다는 것

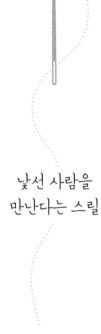

낯선 사람을
만난다는 스릴

제가 인터넷 사이트에서 정확하지 않은 정보를 싫어하는 이유는(갑자기 이런 말을 꺼내서 무슨 소리인가 하겠지만 잠시 후면 앞뒤가 연결될 테니 조금만 참아 주세요) 닉네임 때문입니다. 익명이 주는 무책임 혹은 공격성 같은 것도 좋아하지 않지만, 무엇보다 싫은 것은 닉네임입니다. '미밍', '파오파오', '독사과' 같은 것들 말입니다. 이런 바보 같은 이름을 붙인 녀석의 의견 따위는 듣고 싶지도 않고, 우선 대화 상대가 될 만한 가치조차 없다는 생각이 듭니다.

그런데 이런 이름을 희희덕대며 말하는 무리가 끊임없이 나옵니다. 정말 많습니다. 나이 먹은 어른부터 젊은 사람들까지 아무렇지 않게 30년 전 피서지에서 봤음직한 다방 이름 같은 부끄러운 별칭을 자기 이름으로 사용하고 있습니다. 많은 사람이 자신을, 그리고 자신을 타인에게 드러내는 일을 얼마나 안이하고 어리석게 생각하는지 그대로 보여 주는 셈입니다.

하지만 이 정도는 안이함 축에도 끼지 못합니다. 별칭에는 자기의 유치한 이미지를 아무렇지 않게(익명의 공간이라고 하지만, 저는 익명의 공간이라서 더 좋지 않다고 생각합니다) 불특정다수 앞에서 공개하는 도저히 구제불능인 느슨함이 드러나 있습니다. 이들은 지금 유치한 자신을 그대로 드러내고 있다는 사실부터 인지해야 합니다.

그럼 자기 소개에 대해 말하겠습니다. 업무상 파티 같은 모임에 참가했다가, 혹은 놀다가 누군가를 소개받는 기회가 의외로 많습니다. 이런 만남이 중요하다는 사실은 앞에서도 말했습니다. 우선 이런 기회에 자신을 어떻게 소개할 것인지 생각해 보았으면 합니다.

두말할 것도 없이 사람과 사람의 만남은 스릴로 가

득 차 있습니다. 의욕을 갖고 살아가는 사람에게는 복권을 사거나 배당이 높은 마권을 구입하는 것 이상으로 인생을 바꿀 가능성이 숨어 있는 중요한 기회입니다. 저 같은 사람도 그렇게 만난 관계들이 이어져서 도움을 받곤 했습니다.

사람을 만나고 그가 가진 환경이나 견문을 접하는 것은 특히 젊은 사람들에게는 로켓처럼 다른 세계로 뛰어 들어갈 수 있는 기회가 돼 줍니다. 아무리 그래도 그렇지, 무슨 할리우드 영화 같은 소리냐고요? 제 말이 과장 같겠지만, 우리는 결국 사람들이 사는 세상에서 살아갈 수밖에 없습니다. 어떻게 해서든 알지도 못하는 사람들과 끊임없이 만나야 하며, 그렇게 하지 못하면 삶 자체가 협소하고 무미건조해져 버립니다. 새로운 사람과의 첫 만남을 소중한 기회라고 생각해야 합니다.

그렇다면 그 기회를 어떻게 살려야 할까요? 기회를 살리는 방법은 만나는 사람이나 장소, 목적에 따라 차이가 있습니다. 지금은 여성이 업무상 누군가를 만나는 기회라고 해 둡시다. 업무라는 상황을 떠올릴 때, 특히 젊은 여성으로 한정한다면, 가장 중요한 점은 '여성'을 어떻게 연출할 것인가입니다.

말할 것도 없이 미지의 누군가를 만나는 것은 무엇과도 비교할 수 없는 기회이니 가능한 한 좋은 첫인상을 주고 싶겠지요. 아니, 그 이상으로 강한 인상을 남기고 싶을 것입니다. 당연합니다. 그렇지 않은 사람이 오히려 이상합니다.

그런데 많은 여성이 강한 인상에 대해 착각하고 있습니다. 일을 할때는 여성성을 어필하고 싶지 않으면서도 그 부분을 착각합니다. 의욕이 넘치는 여성일수록 그렇습니다. 대부분의 경우 지위나 힘을 가진 사람에게는 그녀의 아름다운 외모가 아무런 의미도 없는데 말이죠.

물론 그녀의 얼굴이나 몸매에 관심을 보이는 사람도 있을 수 있고, 눈길을 주지 않고는 못 배길 만큼 매력적이고 수완이 뛰어날지도 모릅니다. 하지만 그런 식으로 얻은 인상은 설령 무슨 관계로 이어졌다고 해도 그녀를 올바른 곳으로 인도하지는 않을 것입니다. 그전에 상대가 만만치 않은 존재라면 그런 식의 어필을 경멸할 거라는 점을 염두에 둬야 합니다.

그렇다면 어떤 식으로 인상을 남겨야 할까요? 존경받을 만한 상대일수록 당신에게 주어진 기회가 짧다고 생각해야 합니다. 그럼 짧은 한두 마디로 무엇을 얘기해야 할까요? 당신의 학력이나 경력(전에 어디어디 회사에 근무했다, 어떤 프로젝트를 진행했다), 훌륭한 배경 따위는 전혀 필요 없습니다. 지금 하는 일과 이름만으로 충분합니다. 당신이 어떤 존재인가는 머리가 있는 사람이라면 만남의 성격만 보고도 짐작할 수 있습니다.

이제부터는 무슨 얘기를 해야 할까요? 아주 짧지만 상대가 집에 돌아가도 그 인상을 지울 수 없는 말이어야 합니다. 바로 비판적인 의견입니다. 어떻게 처음 보는 사람한테 예의 없는 말을 하느냐고 반문하겠지만 한번 잘 생각해 보기 바랍니다.

상당한 지위에 있는 사람들은 늘 칭찬받는 데 익숙합니다. 인간은 누구나 칭찬받는 걸 좋아하니 칭찬은 그 사람의 귀에도 달콤하게 울려 퍼질 것입니다. 하지만 빤한 칭찬은 어떤 인상도 남기지 못합니다. 그날 하루만 해도 이미 다섯 명한테 칭찬받은 터라 당신 역

시 칭찬만 했다면 수많은 대중에 지나지 않기 때문입
니다.

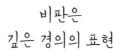

비판은
깊은 경의의 표현

상대방에게 깊은 인상을 남기려면 비판적인 의견을 말하는 것이 좋습니다. 제가 경험해 보고 권하는 이야깁니다. 사실 저 같은 사람도 파티 같은 자리에 참석하면 다양한 사람들이 다가와서 대량으로 써낸(실제로 양이 많긴 합니다) 책 중 하나 혹은 여러 권을 마구 치켜세우는데(세상에는 친절한 사람, 기준이 높지 않은 사람이 많더군요) 결국은 저도 명함까지 교환합니다.

하지만 유감스럽게도 이런 사람들은 얼굴이나 이름이 떠오르지 않습니다. 그 후에 다시 만나더라도 기억해 낸 경우가 드뭅니다.

일반적인 자기계발서라면 명함을 건넨 상대방에게 엽서나 편지 혹은 이메일을 보내라고 하겠죠. 물론 명함만 교환하는 것보다야 깊은 인상을 남길 수 있겠지만 저라면 굳이 이 방법을 권하고 싶지 않습니다. 당신 말고도 명함을 받은 많은 사람들이 편지를 보낼 테니 굳이 쓸 내용이 있다면 모를까, 그저 그런 평범한 인사말로는 아무런 효과도 얻지 못할 것입니다.

실제로 저처럼 불친절한 사람은(불친절한 게 꽤 도움이 되기도 합니다. 선의가 놓치기 쉬운 관점을 보여 줄 수 있기 때문이죠) 의례적인 엽서나 편지를 읽으면 시간을 허비한 것 같아서 화가 날 지경입니다. 이런 방법은 불특정다수와 새로운 관계를 맺어 나갈 필요가 있는, 예를 들면 자동차 회사나 보험 회사의 영업사원이 아니라면 별 의미가 없습니다. 특별히 강한 인상을 안겨 줄 수 없기 때문입니다.

오히려 얼굴을 마주했을 때 강한 인상을 남기고 나서 확실하게 어필하기 위해 편지를 이용하는 것이 효과적이지 않을까요?

제 얘기로 돌아가자면, 헤어지고 나서도 여러 번 떠오를 만큼 강렬한 인상을 남긴 것은 칭찬보다는 신랄하지만 납득할 만한 비판을 들었을 때인 것 같습니다. 한번은 파티에서 여성 편집자를 소개받은 적이 있는데, 마주 서서 이야기를 나누는 중에 "선생님의 평론은 인용이 무척 재미있어요."라는 말을 들었습니다.

사실은 실례가 되면서도 신랄한 말입니다. 본문이 재미없다는 말이 아니고 무엇이겠습니까? 하지만 글을 쓴 입장에서는 그 편집자의 말이 옳았습니다. 더욱이 첫 만남에서 거침없는 지적을 하는 사람에게 흥미라고 해야 할지 관심을 갖지 않을 수가 없었습니다. 그 자리는 가볍게 마무리 지었지만 결국 그 편집자와 함께 작업하여 책을 내고 좋은 성과도 올려서 좋은 관계를 맺을 수 있었습니다.

물론 신랄하게 비판하는 건 꽤 어렵습니다. 단순히 무례한 태도로 추락하고 마는 경우가 많기 때문입니다. 그 자리 그 상황에서 상대방에게 예의를 잃지 않아야 하고, 그러면서도 신랄해야 합니다. 꼭 필요한 자질입니다. 실례가 되는 문제를 언급하거나 예의 없는 말투를 쓴다면 당신의 비판이 아무리 정확해도 상대방에게 전달되지 않습니다. 그 신랄함은 효과적인 휘발성을 갖지 못합니다. 상대방은 그 무례함 때문에 당신의 얘기 따위 귀 기울일 가치가 없다고 무시해 버릴 것입니다.

과연 어떻게 해야 무례하지 않을까요? 예의에 관한 문제는 일단 접어 둡시다. 문제가 되지 않으니까요. 이제 실례가 되지 않게 비판하는 방법을 알아볼까요?

비판의 포인트(비판의 대상이 무엇인가, 이를테면 일인가, 말과 행동인가, 작품인가에 따라 다르긴 하지만)가 상대방에게 어떤 의미를 갖는지, 혹은 어떤 사정이 있어서 그렇게 됐는지 현명하게 판단해야 합니다. 당신이 비판하려는 포인트가 미디어 등에서 허구한 날 지적한 내용이거나, 혹은 본인이 의도하지 않은 어쩔 수 없는 사정이 있는 경우라면 사교의 자리에서 또다시 지적하는 것은 실례입니다.

제대로 비판하려면 상대방에 대한 주도면밀한 연구가 필요합니다. 충실한 연구를 밑바탕에 두고 자기 나름의 관점을 명확히 제시했을 때 비로소 상대방에게도 유용하며 자극적인 비판이 되는 것입니다. 이제 비판의 진정한 의미를 이해했을 거라고 봅니다. 예의를 갖춘 세심한 비판은 당신이 얼마나 깊은 관심을 가지고 상대방을 이해하는가를 표현하는 일입니다. 비판은 깊은 경의의 표현이기도 합니다.

하지만 당신이 아무리 열심히 표현해도 경의가 칭찬으로 받아들여지지 않는 경우가 많습니다. 당신이 아무리 열심히 조사했어도 그런 열의는 전달되지 않고 알맹이 없는 무수한 칭찬의 회오리 속에 매몰돼 버리고 맙니다. 신랄한 비판이라는 가시를 매개로 해야 비로소 경의가 전달됩니다. 오히려 가시를 통과해야만 상대방의 관심을 불러일으키고 막연하게라도 당신의 진심을 알려 줄 수 있습니다.

상대방은 당신의 비판을 돌이켜 보는 동안 비판을 뒷받침해 준 당신의 폭넓고 깊은 관심을 인정할 것이며, 당신이란 존재를 인식할 것입니다. 나아가서는 당신에 대한 관심으로 발전하겠지요.

마지막으로 유머 혹은 애교가 있다면 더 말할 것도 없습니다. 애교는 비판한다는 걸 속이거나 감추기 위해 필요한 것이 아닙니다. 오히려 공격성이라는 불순한 요소를 제거하고 감정적인 반발을 막아서 상대방이 비판의 취지에 직면하도록 도와주는 수단입니다. 물론 애교가 아부로 전락해 버려서는 안 됩니다.

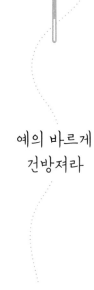

예의 바르게
건방져라

예의 바르게, 그러면서도 건방지게. 혈기왕성한 젊은 이가 기본으로 갖춰야 하는 자세입니다. 이미 말했다시피 예의 바르다는 것은 단순히 인사나 말투의 문제가 아닙니다. 물론 그런 요소는 중요하면서도 지극히 기본적인 문제입니다.

자칫하다가는 그 이상으로 중요한 예의의 본질을 놓치기 십상입니다. 예의란 상대방에 대해 충분히 배려하는 것이라고 말하면 당연한 얘기처럼 들립니다. 하지만 많은 사람들이 배려에 대해 지나치리만큼 단순하게 생각합니다. 배려를 친절이나 마음씀씀이로 혼동해 버립니다(마음씀씀이 역시 중요하면서 어렵긴 합니다만).

한마디로 배려란 상대방의 입장에서 생각해 주는 것인데, 배려가 평범한 정중함으로 끝나지 않으려면 상대방에 대한 폭넓은 정보와 관심이 필요합니다. 상대방이 어떤 사람이고, 어떤 상황에 있는지, 무엇에 긍지를 가지고, 무엇을 걱정하는지 충분히 연구해서 깊이 공감해야 합니다. 그래야 비로소 배려라고 부를 수 있으며, 그게 바로 예의의 본질입니다.

'건방지게 굴어라!' 이런 말을 하면 미심쩍어하는 사람이 많을 것 같습니다. 확실히 일본 사회에서는, 특히 인간 관계가 긴밀한 직장이라면 건방지게 구는 것이 유리하기는커녕 오히려 불리합니다. 단체 생활에 대해 조금이라도 의식적이라면 잘 알고 있을 겁니다.

저 역시 건방진 사람이 돼서는 안 된다고 생각합니다. 이렇게 말하면 모순처럼 들리나요? 제가 말한 '건방진 사람'이란 조직, 특히 부서 같은 소규모 집단에서 자신에게 부여된 평가에 대한 불만과 반발을, 의식적이든 무의식적이든 자신의 위치에서 벗어나 표출하려는 사람들입니다.

단순한 건방짐은 개인적 불만을 떨쳐 내서 조직의 분위기와 질서를 문란하게 만들고 오염시키는 부정적인 것입니다. 주변에 피해를 주고 주위 사람들을 불쾌하게 만드는 것으로 그치지 않습니다. 건방진 행동에 몸을 맡기는 것은 자신을 모독하는 짓이며 자신의 사회적 위치도 위태롭게 만듭니다.

이야기가 조금 신랄했나요? 물론 건방진 사람도 귀염성이 없지는 않습니다. 단, 건방짐이 귀여워 보이려면 의식적인 노력이 필요합니다. 특히 직장에서의 건방짐은 선배나 상사에게 향하는 것입니다. 건방진 것 같으면서도 건방지지 않아야 한다고 말하면 이해하기 어려울까요? 아주 윗선이 아닌 직속 선배나 상사를 겨냥한 건방짐을 말합니다.

대학에서 학생들을 가르치다 보니 매년 수많은 젊은 이를 만나게 됩니다. 특히 세미나를 통해서 새로운 학생들과 만나는 일은 큰 즐거움입니다. 제가 여는 세미나의 첫 모임에서 자기 소개를 할 때면 요새 흠뻑 빠져든 책이나 영화, 음악을 비롯해 마음에 드는 것은 무엇이든 말해 보라고 합니다. 그 사람이 어떤 취향인지 파악하여 이후의 대화를 원활하게 이어 나갈 수 있기 때문입니다.

이런 자리는 뭐든 솔직하게 말해도 상관없지만, 자기 연출의 장으로 만들 수도 있습니다. 연출의 표적이 되는 듣는 사람, 여기서는 제가 될 테니 저의 관심을 끌기 위해 어떤 식으로 인상을 심을 것인가가 관건입니다. "최근에 슈베르트의 〈그레이트〉를 듣고, 레오 보샤르트Leo Borchard(러시아 출신의 독일계 지휘자)의 평론집을 읽었습니다."라고 한다면 '이 녀석, 좀 건방진데' 싶으면서도 관심이 갈 수밖에 없습니다.

한편 바람직하지 못한 건방짐은 제 책에 태클을 거는 식의 주장입니다. 무례할 뿐만 아니라 허술해서 초점을 벗어나기가 쉽습니다. 비판을 하려면 어느 정도 관계를 만들고 난 후 주도면밀하게 분석해서 시도해야 합니다.

단순히 건방진 사람은 건방지기만 할 뿐 긴장감도 없고 용기도 없습니다. 기껏해야 주변 사람들의 알력을 각오하는 정도니 별것 아닙니다. 결국 타인에게도 자신에게도 응석을 부리는 꼴입니다. 자부심을 가진 사람이라면 부끄러워할 행동인 거지요.

제가 말하는 건방짐은 좀 더 건실한, 정확히 말하자면 긍지가 높은 것이어야 합니다. 자신보다 압도적인 상대를 공격한다는 각오와 긴박함이 필요합니다. 때로는 오만에 가까운 행동일지도 모릅니다.

하지만 강력한 상대에게 오만하게 굴었다가 어떤 일을 당할지 인식한 건방짐이라면, 즉 자기 자신이 의식적으로 받아들인 것이라면 상관없습니다. 원만한 행동은 아니지만 긴장감과 기백이 가득하겠지요. 이런 기백과 긴장감이야말로 하루에도 수십 명씩 낯선 사람을 만나는 유력자에게 당신을 각인시켜 줍니다. 적어도 당신의 발언을 확실하게 전달할 수 있습니다.

높은 지위나 강력한 힘을 가진 사람들이 젊은이들에게 기대하는 것은 건방짐뿐입니다. 물론 건방진 젊은이를 싫어하는 사람도 있습니다. 젊은이의 에너지나 격식을 깨뜨리는 대범함이 거추장스러운, 다시 말해 정신력이 쇠퇴해 버린 사람입니다.

정신력이 쇠퇴한 사람은 상대해 봤자 별 도움이 안

됩니다. 머지않아 지금의 지위나 힘을 잃어버릴 것이며, 젊은 사람들에게 기회를 주고 의견이나 제안을 들어 주는 유연성과 활력이 부족해질 것입니다. 특단의 배려를 해서 상대할 필요도 없습니다. 오히려 기백 넘치는 건방짐을 받아들일 만한 도량이 있는지 알아본다는 정도의 마음가짐으로 대하면 됩니다. 물론 예의는 갖추어야겠죠.

기백은 젊은 사람을 매력적으로 만듭니다. 안이한 아부보다 몇 배는 빛이 납니다. 유혹의 몸짓처럼 당신을 잘못된 곳으로 데려가는 일도 없습니다. 오히려 업무와 상관없이 건방진 당신을 존중하고 깊은 관심을 보일 것입니다.

여기까지 읽었다면 이해했으리라 봅니다. 예의 바른 건방짐이란 단지 자기 소개를 할 때 필요한 태도에 불과한 것이 아닙니다. 이 세상을 즐겁게 살아가겠단 의지가 있다면 누구나 갖춰야 하는 기본 자세입니다.

한편 아무도 의심할 수 없을 만큼 자신의 입지를 구축한 사람에게는 이런 태도가 건방지기보다는 시원시원하고 솔직해 보여서 큰 매력으로 다가옵니다. 젊은

이가 건방짐을 무기 삼아 지금의 위치보다 높은 곳으로 올라가려고 하면, 올려다보이는 자리에 있는 사람은 낮은 곳까지 기꺼이 마중 나와 줍니다.

저는 벌써 마흔에 가까운데 문단에서는 여전히 젊은 사람 취급을 받습니다. 문단의 젊은이들 중에서 가장 건방지고 공격적이라고 비춰졌는지 연배가 있는 분들은 저를 꺼리거나 미워해서 먼저 말을 걸어 주는 일이 별로 없습니다.

몇 년 전 문단 파티에서 편집자와 이야기를 나누는데 건너편에서 소설가 미야모토 데루宮本輝(1947년에 태어났으며 아쿠타카와 상과 요시카와 에이지 문학상 등 일본 문단의 유력한 상을 많이 받았다.―옮긴이 주) 씨가 다가왔습니다. '아, 미야모토 씨다!'라고 생각은 했지만 인사를 나눈 적이 없는 터라 중간에 편집자가 나서서 소개해 주지 않는 이상 제가 먼저 말을 걸 수도 없는 노릇이었습니다. 그런데 그가 먼저 성큼성큼 다가오더니 "저는 미야모토 데루라고 합니다. 당신의 글은 거의 다 읽었는데 이렇게 만나다니 정말 반갑습니다. 정말 재미있게 잘 읽고 있습니다." 하고는 조용히 사라지는 것이었습니다.

　참으로 산뜻한 만남이었습니다. 별로 훌륭하지도 않으면서 거드름 피우며 대가 행세를 하는 작가가 많은데 미야모토 씨 같은 진정한 대가가 먼저 나서서 애송이한테 말을 걸어 격려해 주고 떠났습니다. 그와의 만남을 통해 경력과 관록이 쌓일수록 유연함과 솔직함이 가치를 갖는다는 걸 깨달았습니다.

말은 얼마나 많이 해야 할까

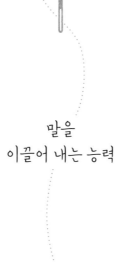

말을
이끌어 내는 능력

지금까지 어떻게 말할 것인가, 무엇을 이야기할 것인가 등 대화의 질과 형태에 대해서만 생각해 봤는데 사실 양量의 문제도 있습니다. 양이란 '대화할 때 어느 정도 말해야 하는가?'라는 판단의 문제입니다.

어느 정도 이야기할 것인가. 상대방에게 깊은 인상을 남기기 위해 매우 중요한 문제이며, 어떤 의미에서는 결정적인 요인이 되기도 합니다. 처음 만나는 자리라면 그 사람의 인상을 결정해 버린다고 봐도 됩니다.

솔직하게 털어놓자면 저는 잘 먹지 않는 여자와 말

없는 여자는 신뢰하지 않는다는 신조를 갖고 있습니다. 덕분에 주위에 온통 먹보와 수다쟁이 여성뿐이라 행복한지 어떤지는 알 수 없네요.

제 말이 다소 실례가 될 수도 있습니다. 하지만 이야기를 늘어놓거나 수다를 떠는 것은 상당히 생리적인 힘 혹은 능력이라고 생각합니다. 저는 생리적인 능력을 무조건 숨기지 않고 솔직하게 드러내는 사람을 신뢰합니다. 속이 빤히 들여다보인다는 생각도 들지 않습니다. 살았는지 죽었는지 모른다고 느껴지는 사람이나 격식을 차리느라 음식을 깨작거리는 사람보다는 훨씬 신뢰가 갑니다.

그렇다고 해서 수다쟁이가 좋으냐면 그렇지도 않습니다. 처음 보는 사람인데 말을 시원시원하게 하면 마음이 편해지고 분위기가 어색해지지 않는 것은 분명합니다. 하지만 지나치게 말이 많은 것은 좀 생각해 봐야 할 것 같습니다.

오랜 지인 중에 저보다 연상인 분이 있는데 매우 겸손하고 매사에 정중합니다. 그런데 정말 말이 많습니다. 늘 뭔가를 말하지 않으면 불편해합니다. 자연스럽게 주변 사람들은 그분의 이야기를 경청하는 식이 돼 버립니다. 아무리 겸손해도 권위적이거나 독선적으로 비춰질 수밖에 없습니다. 이래서야 말을 많이 하는 것이 꼭 좋다고도 할 수 없습니다.

중요한 것은 대화가 이루어지고 있다는 느낌입니다. 상대방이 이런저런 말을 들려주는 것은 즐겁지만 너무 일방적으로 듣기만 하면 압도당하는 것 같아 재미가 없습니다. 자리에 모인 사람들끼리 대화한다고 느끼려면 보통은 각자 말하고 싶어 해야 합니다.

앞에서 말하는 것은 생리적 욕구라고 했습니다. 이야기하고 싶은데 입 밖으로 내지 못하는 것은 경우에 따라 다르겠지만 상당한 스트레스를 낳습니다. 자신이 발언하려고 할 때마다 상대방이 말을 가로막거나 한다면 누구나 짜증나지 않을까요? 상대방의 말하고 싶은 욕망을 억누를 정도로 혼자만 이야기를 늘어놓아서는 안 됩니다.

하지만 이야기하고 싶은 욕구를 자극하는 것은 바람직합니다. 말하는 것은 생리적 욕망과 꽤 깊이 연관되어 있으므로 하고 싶은 이야기를 하고 나면 기분이 참

좋습니다.

다변多辯은 상대방이 말하고 싶게끔 만드는 효과가 있습니다. 보통은 상대방이 좋아하는 화제를 던져야 이야기를 이끌어 내는 실마리가 되겠지만, 그런 주제와 별개로 즐겁게 혹은 재미있게(딱히 화제 자체가 즐겁거나 훈훈할 필요는 없습니다) 이야기하는 모습은 남들에게도 말하고 싶은 욕망을 품게 만듭니다.

말하고 싶은 욕망을 이끌어 내서 경청하겠다는 자세를 갖추고 상대방이 이야기하게끔 만든다면 상대방은 그것만으로도 만족감을 느끼고 당신에게 호의를 가질 것입니다. 당신과 함께 한 시간이 뜻 깊었다고 착각할 정도입니다. 단지 말하고 싶다는 생리적 욕구를 충족한 것에 지나지 않았는데 말이죠.

제가 꽤 오랫동안 신세 진 편집자가 있는데 그녀는 다변에다 떠들썩한 것으로 유명합니다. 레스토랑에서 그녀의 테이블 옆에 앉은 커플은 반드시 거북해질 정도로 시끄럽습니다. 하지만 상대방을 일방적으로 밀어붙인다는 느낌이 들지 않는 이유는 그녀의 '여백'이 좋기 때문입니다. 나중에 생각해 보면 95퍼센트는 그녀가 말했지만 제 발언이 봉쇄당했다는 느낌은 들지 않습니다.

사실 그녀는 이야기 마디마디에 쉼표를 넣으며 상대의 반응을 살펴봅니다. 제가 뭔가를 말하면 그 말을 받아서 또 성난 파도처럼 이야기를 쏟아 붓습니다. 이야기를 마구 내뱉긴 하지만 결코 자신의 다변에 취하지 않습니다. 분명히 듣는 사람에게 관심을 가지고 있습니다. 그런 태도가 듣는 사람에게 무시당했다거나 하찮은 취급을 당했다는 인상을 주지 않고 오히려 즐겁게 이야기를 나눴다는 착각을 일으키는 것입니다.

이야기하고 싶어 하는 상대방의 기척을 민감하게 알아챘다면 다변은 가치 있는 자질이라고 생각합니다. 첫 만남이거나 서먹서먹한 관계라면 더더욱 필요합니다. 업무 특성상 많은 사람을 만나야 한다면 다변은 상당히 유리한 자질이 아닐까요?

다변은 앞에서 말한 저의 신조와도 관련이 있는데, 다변가는 선량하고 무방비 상태일 것 같다는 인상을 안겨 주기 쉽습니다. 이렇게 많은 이야기를 해 주다니 나를 정말 신용하나 보다, 혹은 사람이 허술하구나라고 생각하게 만드는 것이죠. 상대방이 경계심을 갖지 않게 한다는 점에서 중요한 자질입니다.

반면 말이 지나치게 많으면 중요한 정보를 접할 수 없다는 단점이 있습니다. 이 사람에게 말하면 정보가 곧바로 퍼져 버릴 수도 있겠구나 싶어서 말해 줘도 괜찮을 법한 이야기조차 안 하는 사태가 일어나기 쉽습니다.

침묵은 상대에게
불안감을 안겨 준다

다변가이면서도 중요한 정보를 입수한다는 것은 꽤 어려운 과제입니다. 이 까다로운 문제를 해결하는 방법은 세 가지가 있습니다.

첫 번째, 정보를 얻고 싶은 상대방에게 당신이 먼저 중요한 정보를 알려 줍니다. 정보는 원래 기브 앤 테이크의 성질이 있으니 중요한 이야기를 알려 주는 상대에게는 자신도 비슷한 수준의 정보를 제공하려고 노력하는 법입니다. 또한 허영도 작용합니다. 자신도 이런 것쯤은 알고 있다는 대항 의식 때문에 몰래 숨겨 둔 비밀을 알려 주고 싶어 합니다.

두 번째, 당신에게 소중한 사람 앞에서만 말을 많이 하고, 다른 사람들 앞에서는 입을 다물거나 되도록 말수를 줄입니다. 당신이 그 사람 앞에서만 개방적으로 행동한다는 믿음을 갖게 만들라는 얘기지요. 상당히 차원 높은 연출 기술이 필요합니다.

잘만 하면 정보를 얻는 데 그치지 않고 상대방의 마음을 교묘하게 사로잡을 수 있지만, 동시에 비위를 맞춘다는, 별로 우아하지 않은 행위가 되어 버릴 위험성이 있습니다. 상황에 맞게 사용하지 못하면 극단적인 경우 겉과 속이 다른 인간으로 비춰지고 신용을 잃어버릴 가능성이 있다는 것입니다. 그뿐만이 아닙니다. 세련된 인간관을 가졌다면 민감하게 느낄 만한 문제인데, 인간의 비열함이 불거져 나올 수 있습니다.

세 번째, 역시 어려운 방법입니다. 당신이 수다쟁이지만 함부로 발설해서는 안 되는 중요한 것은 말하지 않으며, 겉과 속이 같고 신중한 데다 맺고 끊기를 잘하는 성격이라고 믿게 만드는 것입니다. 상대방이 정말로 그렇게 생각하게끔 만든다면 상당히 진중한 평가를 얻을 수 있습니다.

앞에서도 말했듯이 이런 일에 민감하다면 인간 관계나 대화에 대해 상당히 날카로운 감각을 가진 사람입니다. 그런 사람은 다양한 의미에서 당신에게 중요한 존재가 될 수 있지만 반대로 말하면 꽤나 두려운 존재이기도 합니다. 당신이 의도한 연출을 전부 다 꿰뚫어볼 수도 있습니다.

그렇다고 해서 미리 걱정하거나 위축될 필요는 없습니다. 속이 빤히 보이면 보이는 대로 그때 가서 생각하면 됩니다. 대화법을 익힌다는 것은 '태어난 그대로 순진무구한 나'라는 것을 버리고 포기하는 것입니다. 순수한 설득력이나 성의가 있으면 마음이 통한다는 태만함을 단념하는 것입니다. 그로 인해 생긴 주홍글씨는 받아들이면 됩니다.

이야기를 다시 원점으로 되돌리면, 다변이 좋고 침묵이 안 좋다는 얘기가 아닙니다. 그런 판단은 어디까지나 상황과 자리에 따라 달라집니다. 다변이 효력을 발휘하는 상황이 있는가 하면, 침묵이 효력을 발휘하는 상황도 있습니다.

단순히 효력이 있다는 정도가 아니라 상당한 효과를 안겨 줍니다. 우선 침묵은 불안이나 약함, 거북함의 표현으로 쉽게 전환됩니다. 반대로 말해서 말수가 없으면 상대방을 방심하게 만들 수 있습니다. 당신이 만만한 존재로 보이게끔 만들 수 있는 것입니다. 이 경우 어려운 점은 침묵이 현명함이나 용의주도함의 표현으로 보이기도 한다는 것입니다.

이런 점에서 본다면 침묵은 다변에 비해 연출하기가 어렵습니다. 수다쟁이는 화제 선택부터 말투, 목소리까지 다변의 의미를 연출하는 기술이 많습니다. 그런데 침묵은 그런 재료가 매우 한정돼 있습니다. 표정이나 분위기가 중요한 의미를 갖는 이유입니다. 그 때문에 조심스럽게 행동하려고 했지만 원하는 효과를 거두지 못할 때가 있습니다.

물론 장점도 있습니다. 독선적이고 충동적인 유형(별것은 아니지만 결코 무시할 수 없는 작은 권한을 갖고 있고 그점에 스스로 만족하는 독선적인 사람들에게 많은 유형입니다)은 당신의 침묵을 멋대로 해석하고는 다 알았다는 듯이 행동합니다. 당신은 이러이러한 사람이라고 독단적으로 정하고, 납득하고, 우쭐대는 유형에게는 꽤 효과적이라는 말입니다. 다만 이런 사람들에게 인정받아봤자 별 소득은 없습니다.

비슷한 문제로 '말 없는 사람의 발언'이 있습니다. 메이지 유신을 이끈 사이고 다카모리西郷隆盛는 말수가 없는 것으로 유명합니다. 말을 아주 조금만 하는데, 그나마도 스모나 강아지 등 별 시답잖은 얘기만 합니다. 정치 이야기는 전혀 하지 않습니다. 하지만 말하지 않기에 주위의 시선은 늘 사이고에게 쏠립니다. 사이고가 무슨 생각을 하는지 헤아리려 들고, 그의 말을 한마디도 흘려버리지 않기 위해 귀를 기울입니다. 당연히 그가 한번 입을 열면 그 영향력은 절대적입니다. 사이고가 "앞으로!"라고 한마디 던지면 마치 큰 산이 움직이듯 무리들이 뒤를 따랐습니다.

말수가 없는 사람이 입을 열면 그 한마디는 다변가의 말보다 훨씬 무거워집니다. 따라서 별 뜻 없어 보이는 한마디도 분명한 목적을 노리고 토해 내야 합니다. 상대방에게 인상을 남기기 위해서라면 상관없겠지만, 별로 묵직하지 않은 발언까지 과다한 의미가 부여되는 경우도 있습니다.

특히 남녀 사이라면 귀찮은 문제를 불러일으킬 때도 많습니다. 남성, 특히 사회 경험이 적은 남성은 여성이 대수롭지 않게 뱉은 한마디에 어이없을 정도로 독선적인 세계관을 구축하고, 나아가 그 말로 인해 상처를 받으면 엄청난 재난을 부르기도 합니다. 이 점을 부디 조심하기 바랍니다.

그런 면에서 보면 말수가 없는 것은 다변보다 긴장감을 강요하기도 합니다. 의식적으로 침묵하는 건 상당히 어렵습니다. 게다가 침묵하면서도 뭔가를 시사하는 풍부한 표정과 제어 기술이 필요합니다.

그럼에도 불구하고 침묵에는 매력적인 효과가 있습니다. 우선은 관찰하기 좋습니다. 그 자리의 분위기를 읽을 수 없을 때, 그 자리의 문맥이나 흐름을 알 수 없을 때는 소극적인 웃음과 침묵을 관철하는 것이 기본 태도입니다. 지극히 안전한 경계심 혹은 적의敵意를 표현하는 침묵이죠. 침묵으로 드러내는 적의의 수준에는 여러 가지가 있지만 붙임성과 공존하는 침묵은 별 위험 없이 상대에게 불안감을 안겨 주는 효과가 있습니다.

침묵이
가능한 관계

침묵의 장점은 또 있습니다. 다만 이 경우는 자세로서의 침묵이 아니라 상태로서의 침묵이 될 것 같습니다. 상태라는 말이 이해하기 힘들 수도 있겠습니다. 대인 관계, 그것도 1대1 관계의 이상형입니다. 이상형이란 단어에 약간 어폐가 있긴 하지만 어쨌든 바람직한 형태인 상태로서의 침묵이 있습니다.

상태로서의 침묵에 대해 설명하자면, 남녀의 연애 관계를 떠올려 보면 좋을 것 같습니다. 연애할 때 둘의 관계가 순조롭고 활력이 넘치면 상당히 다채롭고 일상에 활기가 생겨납니다. 이야깃거리가 풍부해지고 대화가 끊이지 않습니다. 동시에 침묵을 받아들일 수 있습니다.

둘만 있을 때의 침묵이 두려워서 무조건 이야깃거리를 만들어 내고 대화를 이어 가는 것은 강박적인 상태입니다. 할 말이 딱히 떠오르지 않거나 잠시 생각할 일이 있을 때는 침묵할 수 있어야 합니다. 서로 말이 없어도 만족하고 침묵을 즐길 수 있어야 두 사람 다 마음이 차분해지고 산뜻한 관계가 됩니다.

똑같은 이야기를 일과 관련해서도 할 수 있지 않을까요? 저는 직업상 편집자들과 함께 여행하거나 취재할 일이 많습니다. 편집자들은 대부분 남자입니다.

취재 여행이 쾌적하고 편안한가, 그리고 일을 잘 해내는가는 뭐니 뭐니 해도 침묵할 수 있는지 여부로 결정됩니다. 이동하는 동안 억지로라도 이야깃거리를 찾아서 끊임없이 대화를 이어 가다 보면 몸도 마음도 지쳐 버려서 취재할 상황이 안 되곤 합니다.

특별한 용무가 없다면 말수를 줄이고 각자 책을 읽거나 메모를 하는 것이 바람직하고 합리적입니다. 물론 참 어려운 일이기도 합니다. 서로가 원한다면 뭐가 어려운 일이냐고 생각할 수도 있습니다. 하지만 세상을 좀 안다면 얼마나 어려운지 짐작할 것입니다.

예를 들어 길모퉁이에서 아는 사람과 딱 마주쳤는데 아주 어색한 사이입니다. 그와 차를 마시고 싶은 생각이 전혀 없는데, 그 역시 같은 생각이라는 것을 알고 있습니다. 그렇지만 이야기의 흐름이 차를 마셔야 하는 쪽으로 정해지면 그 흐름을 끊고서 차를 마시지 않겠다고 말하기가 어렵습니다. 게다가 그런 결단을 내리려면 상당한 에너지가 필요합니다.

침묵의 자유를 획득하려면 나름의 방법이 필요합니다. 서로 아무 말이 없어도 상대방에게 무관심하거나 화가 났거나 소홀히 하는 게 아니라는 점을 해명하지 않아도 되는 신뢰 관계라고 해야 할지, 편안함 같은 것이 필요합니다.

이런 편안함은 서로의 입장이 비슷할수록 어렵습니다. 한쪽이 압도적으로 우위에 있는 경우, 높은 위치에 있는 사람이 "자, 이제 각자 알아서 할 일을 합시다."라고 말하면 쉽게 안심할 수 있습니다.

반대로 입장이 비슷해서 서로 배려해야 하고 서로에게 신경 써야 한다고 생각하는 경우라면 어렵습니다. 하지만 대화 능력을 발휘할 수 있는 기회이기도 합니다. 대화 능력이란 자신이 하고 싶은 말과 메시지를 상대방에게 전달하는 것 그리고 자신의 주장을 이해시켜서 설득하거나 상대방의 말을 받아들이는 것을 말합니다. 물론 그게 전부라고 여긴다면 상당히 얄팍한 생각입니다.

대화에서 가장 중요하면서도 본질적인 것은 전달이나 이해, 설득에 앞선 기분 혹은 분위기입니다. 상대방과 대화하는 분위기를 어떻게 만들 것인가가 커뮤니케이션에서 가장 중요하고 성공과 실패를 결정합니다.

예전에 사교계에서 잘나가는 여성이 "똑같은 돈을 낸다면 학원에 다니는 것보다 성형 수술을 하는 편이 영어를 빨리 배운다."라고 말하는 걸 듣고 정말 실소를 금하지 못했습니다. 하지만 수긍이 가긴 합니다. 단순하게 어학을, 그것도 화술을 배우기보다는 매력적인 외모를 어필하여 상대방이 얘기를 듣고 싶어 하고, 얘기를 하고 싶게 만드는 편이 낫다는 것입니다. 나름의 진리일지도 모릅니다. 침묵과 관련된 문제는 대화의 문제를 첨예하게 드러냅니다.

힘들게 이야기하지 않아도 상대방이 괜찮다고 생각하게 만들고, 믿게 만들려면 어떻게 해야 좋을까요? 아주 일본적인 대화 원리의 문제가 드러납니다. 일본인은 기본적으로 말이 많은 걸 꺼려하는 성향이 뿌리 깊이 박혀 있습니다.

말이 많은 걸 꺼리는 성향은 쌀농사를 짓는 삶의 현장에서 시작된 것이라고 생각합니다. 일본인이 예전부터 지어 온 쌀농사는 집단적인 성격을 갖습니다.

첫째, 수경 작업이라 관개니 뭐니 하는 토목 공사를 해야 하고 둘째, 벼 심기처럼 일정 기간 집중해서 일해야 하는 경우가 많습니다. 셋째, 연작을 하는 데 적합하고 수량이 풍부하여 많은 사람들이 정착해서 살아갑니다. 쌀농사를 짓는 공동체는 구성원들이 정착 생활을 해야 할 뿐 아니라 공동 작업이 많습니다.

늘 똑같은 얼굴을 바라보며 함께 일하니 서로의 사정을 알 수밖에 없습니다. 굳이 하나하나 직접 말하지 않아도 상대방의 의중을 눈치껏 알아챕니다. 그와 반대로 행동하면 눈치 없다는 말을 듣기 십상입니다. 대화의 번거로움을 덜어 주고 작업도 척척 진행할 수 있기에 똑같은 일을 하더라도 상당히 능률적이고 원활하게 진행됩니다. 이심전심이라는 일본식 집단의 특성이 여기서 완성된 것입니다.

듣고
말하고
보고
느낄
것

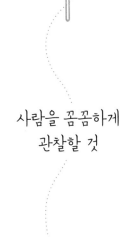

사람을 꼼꼼하게
관찰할 것

이심전심의 상태에서 어떻게 해야 한 걸음 더 나아가 대화의 장으로 들어갈 수 있을까요? 여기까지 읽은 여러분은 어렴풋하게 이해는 가지만 명확하지는 않다는 느낌을 안고 있으리라 봅니다. 다양한 대화 상대와 대화 상황 등을 제시하면서 논의를 펼쳤지만 실제 대화를 할 때, 다시 말해 현실에서는 상대가 어떤 사람인지 모르겠다, 어떻게 이야기를 해야 좋을지 모르겠다는 생각이 들지 않나요?

네, 맞습니다. 직접 이야기해야 할 상황에 맞닥뜨리

면 상대가 어떤 사람인지 판단하기가 꽤 어렵습니다. 다변가나 수다쟁이라는 특징은 바로 알 수 있지만 저의가 있는 수다쟁이인지, 소박한 다변가인지는 쉽게 알 수 없습니다.

이것은 꽤 중요한 부분입니다. 제가 이런 말을 하는 이유는 대화 상대를 구분하기 전에 풀어야 할 좀 더 본질적인 문제가 있기 때문입니다. 상대방의 저의를 파악하는 것은 대화 혹은 언어의 해석 자체와 관련이 있으니까요.

"네." 혹은 "알겠습니다."라는 간단한 말도 상대방의 표정을 잘못 읽으면 완전히 반대의 의미로 받아들여지는 경우가 일상다반사입니다. 따라서 상대방을 꼼꼼하게 관찰하는 것, 어떤 생각으로 이야기하는지 진중하게 살피고 느끼는 것은 듣는 입장뿐만 아니라 내가 내 의견을 관철시키려고 말할 때도 상당히 중요한 요소가 됩니다.

그런 점에서 본다면 대화란 단지 듣고 말하는 것만은 아닙니다. 듣고 말하는 동시에 보고 느껴야 합니다. 눈을 크게 뜨고 상대방을 자세히 보는 것, 상대방의 분위기를 느끼는 것이야말로 대화에서 빼놓을 수 없는 요소입니다.

대화하면서 상대방을 관찰합니다. 시간 때우기가 아닌 명확한 목적 의식을 가지고 대화하며, 상대방이 보내는 메시지는 사소한 것 하나도 놓치지 않겠다는 각오를 가지고 철저하게 관찰할 필요가 있습니다.

관찰하는 것도 만만한 일은 아닙니다. 상대방의 반응이 긍정적인지 부정적인지는 대충 분위기를 보면 파악되지만, 더 나아가 '어떤 생각으로 이런 이야기를 하는가'라는 수준에 이르면 아주 까다롭습니다.

한 걸음 더 내디뎌서 상대방이 어떤 사람인지 파악하는 일은 더더욱 어렵습니다. 인간을 일정한 범주로 나눈다는 것 자체가 귀찮은 일입니다.

인생의 대소사를 앞두고, 혹은 놀이 삼아 보는 점占 같은 것도 그런 까다로움 때문에 생겨났습니다. 저는 미래에 어떻게 될 것인가라는 예측은 별로 믿지 않습니다. 다만 인간을 분류하는 수단의 하나로 보면 점이란 꽤 재미있다고 해야 할지, 아무튼 녹록지 않은 지혜가 담겨 있다고 생각합니다.

혈액형이나 별자리, 사주팔자나 손금처럼 점의 종류는 다양하지만 모두 나름의 기준을 가지고 사람을 몇 가지 유형으로 분류합니다. 분류를 하고 나면 그 안에서 대강의 공통성을 찾아냅니다. 공통성이란 것이 어느 정도 적중하는지의 문제는 일단 제쳐 둡니다.

하지만 전갈자리 유형 혹은 물병자리 유형 등으로 분석하는 것은 개연성이 있다고 봅니다. 굳이 말하면 적중하지 않아도 됩니다. 복잡하고 다양한 인간을 자기 나름의 지표로 구분하고 성격을 분류해 본다는 행위 자체가 의미 있으며 지적인 행동입니다.

관상학이나 별자리를 공부해서 사람들을 분류해 보라는 말은 아닙니다. 그런 공부를 체계적으로 하는 것은 쉽지도 않을뿐더러 실제로 효과가 있는지 어떤지도 모릅니다. 제가 여러분에게 권하고 싶은 것은 자기 나름대로 이런 분류를 시도해 보라는 겁니다.

생각만 해도 번거롭다 싶겠지만 실제로는 그렇지 않습니다. 저는 얼굴 생김새가 같으면 성향도 같다는 나름의 이론을 갖고 있습니다. 시답지 않은 소리를 한다고 생각할 수도 있습니다. 하지만 처한 입장이나 의견이 달라도 얼굴이 닮은 사람끼리는 성격이 급하다거나, 일처리를 경솔하게 한다거나, 내뱉는 말의 반절은 접고 들어야 한다는 등의 공통점이 있습니다.

저는 똑같은 분석을 패션에도 적용합니다. 똑같은 옷을 입은 사람끼리는 역시 어딘지 모르게 공통점이 있습니다. 물론 저의 변변찮은 분류 방식을 따라 하라는 말이 아닙니다. 기준은 뭐가 되든 상관없습니다. 여러분 각자 자신에게 맞는 기준대로 나누면 됩니다.

이런 방식의 포인트는 기준에 맞춘 색인을 일상생활에서 늘려 가는 것입니다. 누구든 학교나 아르바이트하는 곳 혹은 직장에서 늘 만나는 사람들이 있을 겁니다. 그들을 여러분 나름의 기준대로 분류해서 그가 어떤 행동을 하는지, 어떤 발상을 하는지 꼼꼼하게 관찰하는 기회를 만들어 나갑니다. 그렇게 훈련하다 보면 공통된 기준을 가진 사람은 대부분 성향이 같다는 사실을 깨달을 것입니다. 나아가 색인을 만들기 위해 사람을 관찰하면 한 명 한 명 다양한 몸짓이나 행위를 주의 깊게 바라볼 수 있습니다.

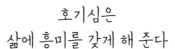

호기심은
삶에 흥미를 갖게 해 준다

관찰력을 키우려면 우선 주위 사람들을 잘 지켜봐야 합니다. 늘 만나는 동료나 친구는 당신에게 주어진 절호의 실험 재료이자 교재입니다. 이렇게 말하면 항상 얼굴을 마주하는 동료들은 이미 관찰을 다 끝내서 속속들이 안다고 생각할 수도 있을 것 같습니다. 말과 행동을 비롯하여 패션, 술버릇까지 지긋지긋할 정도로 알고 있다고 말이죠.

　과연 그럴까요? 당신은 분명히 면밀하게 주위를 관찰했으며 그의 됨됨이를 똑바로 파악하고 있다고 생각합니다. 하지만 당신이 파악한 정보를 지금 당장 다른 상황에서 응용할 수 있는 정도일까요?

응용이라는 말이 잘 와 닿지 않을 수도 있겠습니다. 제가 말한 응용이란 '관찰한 내용이 어떤 기준이나 유형으로 승화되어 있는가'입니다. 단순히 누구누구는 이런 사람이다, 누구누구는 이런 경우에 이런 반응을 한다는 정도의 이해로는 부족합니다. 한 사람 한 사람, 즉 A씨나 B씨를 기준으로 구분하거나 유형으로 나눠야 합니다.

기준은 다양합니다. 체형이라면 살이 쪘다 말랐다, 키가 크다 작다, 자세가 바르다 구부정하다 등으로 나눌 수 있습니다. 패션에 대해서도 다양한 형태로 분류할 수 있습니다. 어떤 옷을 입는가, 브랜드는 무엇인가, 늘 허름한 옷 한 벌만 입는 사람과 늘 세련된 옷차림을 고수하는 사람, 패션 스타일이 매일 바뀌는 사람과 안정된 사람.

이런 기준으로 사람을 나누면 단순하게 보이던 집단이라도 다양한 형태로 선을 그을 수 있습니다. 양극단에 서 있는 것처럼 보인 두 사람이 어떤 범주에서는 상당히 가까운 경우가 있지는 않나요?

행동을 분류하려 들면 기준은 더욱 다양해집니다. 시간을 잘 지키는가, 수다쟁이인가, 활발한가, 돈을 함부로 쓰는가, 자존감이 높은가. 이를 조합해서 살펴보면 한 사람 한 사람 인격의 비율이 만들어질 것입니다. 돈을 헤프게 쓰는데 패션에는 별로 신경 쓰지 않고 헤어 스타일과 애인을 자주 바꾸고…. 이런 기준의 조합을 통해 인간을 바라보면 처음 만난 사이여도 세심하게 관찰할 수 있습니다.

중요한 것은 평상시에 관찰과 분류를 꼼꼼히 해 두는 일입니다. 다양한 사람을 꼼꼼하게 관찰해서 구분하고 데이터로 만들어 쌓아 둡니다. 점성술의 분류와 비교하면 훨씬 복잡합니다. 점성술에서 사용하는 분류는 복잡해 보이지만 사실은 인간을 아주 단순한 기준(태어난 날이나 혈액형, 손금 같은 것)으로 나눈다는 것을 알 수 있습니다.

여러분 나름대로 구분해서 정리하다 보면 상당히 복잡한 인간 유형을 관찰할 수 있습니다. 동시에 삶을 살아가는 자세가 달라질 것입니다. 진지하게 관찰하다

보면 인간에 대해 강한 흥미와 관심을 갖게 됩니다.

마음에 들지도 않고 되도록이면 피하고 싶은 사람이지만 관심을 가지고 지켜보면 '이 사람은 이런 점에 대해 어떠어떠한 식이다'라는 것을 깨닫고 자기도 모르게 흥미가 생겨서 상대해 줄 수도 있습니다. 요컨대 타인을 잘 관찰하는 것은 인간에게 강한 호기심을 갖는 일이고, 결국은 인간을 좋아하는 것입니다.

이런 식의 호감은 약간 간사한 호감인데, 아니 간사까지는 아니더라도 심술궂고 악의도 있습니다. 소위 말하는 인간애라는 것과 정반대입니다. 동시에 이런 호기심은 살아 숨 쉬는 인간에게는 휴머니즘보다 중요합니다. 휴머니즘은 겉만 번지르르한 이상에 불과해서 살아 숨 쉬는 인간에게는 지나치리만큼 가혹합니다. 게다가 현실의 혹독함에 맞서려면 강력한 의지가 필요한 터, 의지를 불태우는 성스러운 노력을 하느라 인생을 즐길 기력마저 사라질 것 같습니다.

사람에 대한 호기심은 번지르르한 인류애에 비교하면 훨씬 세속적입니다. 하지만 호기심은 인간의 악덕이나 추악함에 굴복하지 않습니다. 악덕이나 추악함은 호기심의 기개를 방해하기는커녕 오히려 조미료가 돼 줍니다.

호기심은 인간에 대한 절망적인 진실도 견딜 수 있게 해 줍니다. 호기심이 아름답지 않을 수도 있습니다. 하지만 호기심에는 인간이라는 비루하고 속된 존재를 끝내 긍정적으로 바라보는 힘이 있습니다. 좀 더 말하자면 인간에 대한 호기심은 인간 세상에 대한 흥미이자 그런 세상에서 적극적으로 살아가기 위한 믿음직한 지지대가 됩니다.

사람에 대해 호기심을 갖는 것은 이 책의 가장 큰 주제인 '과감하게 현실을 살아가기'의 핵심이 될 수 있습니다. 호기심은 삶 자체에 대한 흥미를 더욱 깊게 만들어 줍니다.

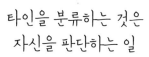

타인을 분류하는 것은
자신을 판단하는 일

일정한 기준을 세우고 사람을 분류하는 작업을 한 단계 더 진행하면 단순히 관찰만 하는 데 그치지 않고 실험으로 옮기고 싶어집니다. 자연과학을 다루는 얘기 같지만 호기심은 사람에 대해서건 대자연에 대해서건 큰 차이 없다고 봅니다. 이런 말을 했다고 과학자들이 항의할지도 모르겠네요.

실험이란 물론 자신이 해 놓은 분류가 맞는지 확인해 보는 것을 말합니다. 다양하게 관찰하다 보면 저 사람은 이런 성격이다, 이런 유형이다라고 분별할 능력이 생깁니다. 분별력이 생기면 어떻게 해서든 그 능력을 확인해 보고 싶어지는 것이 사람의 마음입니다.

확인은 어떤 식으로 해야 좋을까요? 여기서 자극이라는 행위가 필요합니다. 자극 하면 막대기로 실험 동물을 쿡쿡 찌르는 이미지를 떠올리기 쉬운데 사실 비슷하긴 합니다. 상대가 기대한 분류에 해당하는 존재인지 아닌지 분별하기 위해서 자극을 주는 것입니다.

하지만 어디까지나 실험이니 너무 과격한 행동을 해서는 안 됩니다. 당신이 헛소리를 하며 자살을 시도한 뒤 상대방의 반응을 보거나, 부정 발급된 영수증을 공개해서 그 반응을 살펴보는 등의 행동(물론 꽤 재미있을 것 같긴 하지만)은 바람직하지 않습니다. 자극적인 말을 던져서 그 반응을 보는 정도가 적당합니다.

자극을 주는 방법은 다양하다고 봅니다. 마음이 있는 것처럼 행동하는 방법도 있지만 별로 권하고 싶지 않습니다. 무엇보다도 위험성이 높습니다. 상대방이 착각한 나머지 예상치 못한 소동을 벌이는 것만을 의미하지는 않습니다. 뛰어난 외모를 이용해 대화을 시도하는 것은 결국 자신을 폄하하는 것밖에 되지 않습니다.

그렇다면 어떤 자극이 바람직할까요? 가장 적당하면서도 효과적인 자극은 소문입니다. 회사라면 누군가가 대규모 프로젝트에 발탁됐다, 혹은 파격적인 승진을 한다는 소문을 퍼뜨려도 이상하지 않습니다.

그 반응을 통해 많은 걸 배울 것 같지 않습니까? 들었을 리가 만무한데도 그 얘기는 벌써 알고 있었다는 식으로 딴청을 부리는 사람 혹은 선망을 드러내는 사람, 두 팔 벌려 동료의 행복을 기뻐해 주는 사람, 무관심한 듯 받아 넘기는 사람, 얘기를 듣자마자 소문을 내러 가는 사람….

소문 하나를 가지고도 그 사람의 허영심이나 질투심이 드러나 버리고, 개개인을 어느 정도 경계해야 하는지도 확인할 수 있습니다. 이런 경우 가장 경계해야 하는 상대는 두 팔 벌려 기뻐하는 모습을 보여 주는 사람입니다. 물론 기뻐하는 방법에도 세세한 편차가 있다고 봅니다. 악의나 질투를 억누르고 착한 사람이라는 인상을 주려는 경우도 있는가 하면, 착한 사람인 자기 자신을 마음에 들어 하는 경우도 있습니다. 정말로 착한 사람일 수도 있겠지만 그런 희박한 예는 제쳐 두기로 합시다. 진짜 착한 사람이야말로 가장 껄끄러운 사람이라고 생각하지 않습니까?

조기 승진 같은 소문이 효과적인 것은 인간의 기본 감정, 특히 대인 관계는 질투와 허영심에서 비롯되기 때문입니다. 허영심을 동반하지 않은 선의는 없으며 질투를 품지 않은 축복 역시 존재하지 않습니다.

너무 냉소적인가요? 하지만 냉정하게 스스로를 관찰해 보기 바랍니다. 당신이 발휘한 다양한 선행 가운데 타인의 눈은 조금도 의식하지 않은 일이 있었나요? 혹은 그 선행을 아무도 보지 못했다고 했을 때, 과연 자기 자신의 눈을 의식하지 않을 수 있나요? 자신은 착한 사람이라 생각하고 싶고, 분명히 선한 일을 했다고 자신을 토닥이고 싶은 마음이 없나요?

착각을 해서는 안 됩니다. 저는 허영심이 배후에 있다는 이유를 들어 선善을 부정하는 것이 아닙니다. 선은 선입니다. 선이 가지는 의미에는 변함이 없습니다. 하지만 역시 그 배후에 허영심이 있다는 점을 직시해야 합니다. 허영심에 부추김을 당했다는 사실을 알면서도 선을 행하려는 것은 어른이기 때문입니다. 허영에 물든 선이 불순하다고 고민하거나 순진무구함을 바라지 말고 불순을 견디며 상대적으로 의미 있는 일을 쌓아 나가야 합니다.

축복도 마찬가지입니다. 친구나 동료의 성공을 질투하는 것은 당연한 일입니다. 사람은 아무 상관이 없는 사람의 성공에 대해서도 애간장이 탈 정도로 질투를 느끼는 존재입니다. 하지만 축복의 테두리에 질투가 감겨 있다고 해서 축복이 무의미한 것은 아닙니다. 질투가 가슴속에 똬리를 틀고 있어도 미소 지으며 동료의 행운을 축복하는 것은 굉장한 일입니다. 질투의 씁쓸함은 샴페인의 거품을 즐기기 위한 더없는 기쁨이 됩니다.

다시 원래 이야기로 돌아가겠습니다. 질투와 허영심이 인간의 기본 감정이라고 한다면 그런 감정에 어떤 자세를 취하는가가 자신과 타인에 대한 인식의 근본을 이룹니다. 그래서 질투와 허영심을 자극하면 이 사람이 얼마나 자신의 질투를 인식하는가, 얼마나 질투가 겉으로 드러나지 않도록 노력하는가, 혹은 은폐가 성공했는가를 알 수 있습니다. 또한 이를 통해 그 사람의 인간 유형을 알 수 있습니다.

자신의 감정을 깊이 인식하면서도 그 사실을 감추는 사람, 어느 정도 의식하지만 감정 반응에 대해서는 제멋대로인 사람, 단순히 소박한 주제에 자신은 순수하다고 믿는 사람…. 이런 관찰을 면밀히 한 후에 대화하고 사귈지 여부를 생각해야 합니다.

관찰을 반복하는 것은 바로 자신에 대한 의식을 갈고닦는 일이기도 합니다. 타인을 관찰하는 일은 재미있지만 언젠가 그 시선이 자신을 향하면서 날카로운 자기 혐오를 불러오겠지요. 타인을 유형별로 분류하는 것은 바로 자기 자신을 판단하는 일이기도 합니다. 자신이 어떤 인물인지 판단하는 건 정말 괴롭습니다. 하지만 그 괴로움을 뛰어넘지 못하면 자신과 만날 수도 없고 발전할 수도 없습니다.

대
화
에
는

긴
장
이

흘
러
야

한
다

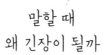

말할 때
왜 긴장이 될까

대화를 나눌 때뿐 아니라 많은 사람들 앞에서 말할 때 가장 곤란한 문제로 열거되는 것이 이야깃거리 선택 외에 긴장감과 흥분입니다. 저 역시 이야기를 하다 보면 자주 흥분하곤 합니다. 물론 여러 사람 앞에서 혼자 이야기할 때입니다. 대학에서 학생들을 가르치는 입장이니 사실 그래서는 안 되겠죠. 하지만 아무리 노력해도 긴장을 하고 맙니다.

그런데 똑같은 상황이라도 단상에 여러 명이 있는 경우는 괜찮습니다. 심포지엄이나 패널 토의 같은 행사가 자주 있습니다. 저도 해마다 몇 차례씩 참가하는데 아무리 청중이 많아도 긴장되지 않습니다.

어째서 이런 현상이 일어나는 걸까요? 심포지엄에서는 여러 사람이 의견을 교환합니다. 당연히 자신이 하는 말에 온 신경이 쏠려서는 안 됩니다. 오히려 다른 패널들이 무슨 말을 하는지 주의 깊게 들으며 어떤 논점을 제시해야 이야기의 심도가 깊어질까, 논의를 풍성하게 만들까라는 점에 의식을 집중해야 합니다.

그런데 혼자서 얘기하는 경우는 어떨까요? 혼자니까 다른 사람의 이야기는 듣지 않아도 됩니다. 물론 청중의 반응을 살피거나 질문은 받습니다. 그래도 전체적으로는 그날 미리 정해 놓은 이야기를 하게 되지요. 이야기를 하는 사람도 말하는 내용 자체를 재미있게 느껴야 합니다. 그런데 이야기하는 동안 어쩐지 자신이 말하는 내용이 시들하게 느껴지거나 앞뒤가 맞지 않는다는 생각이 듭니다. 결국 서서히 긴장되고 초조해져서 발표할 내용을 잊어버리거나 메모를 바라봐도 무슨 말인지 알 수가 없습니다.

이런 비교를 해 보니 이야기할 때 생기는 긴장감이

나 초조함의 성격이 확실해진 것 같지 않습니까? 심포지엄의 경우에는 주의가 밖으로 향하는데, 혼자서 말해야 하는 경우에는 어쩔 수 없이 주위가 자기 자신을 향하게 됩니다. 결국 자의식 과잉이 긴장감과 흥분을 부르는 것은 아닐까요?

그렇다면 이야기할 때 자의식을 기피해야 할까요? 저는 그렇게 생각하지 않습니다. 사실 흥분하거나 긴장하는 게 바람직하지는 않습니다. 우선 이야기하는 본인이 부끄럽고 괴로우며 실수할 수도 있습니다. 반면 자의식을 차단해 버린다면 자신 있고 당당하게 하고 싶은 이야기를 맘껏 펼칠 수 있을지도 모릅니다. 혹은 말을 아주 능숙하게 잘한다는 느낌을 주고 설득력을 가질 수도 있습니다.

하지만 한번 자의식을 차단해 버리면 거기서 더 나갈 수가 없습니다. 자신만만한 말투는 청중의 입장에서 보자면 완전히 무책임하고 혼자만 신난 꼴인데, 본인은 그 점을 전혀 의식하지 못합니다. 실제로 그런 장면을 자주 목격합니다.

문단이나 논단에서 주최하는 파티에 가면 정말 각양

각색의 사람들이 모여 이야기하는데, 예전에 재기발랄함으로 명성을 떨친 작가나 지식인들의 연설이 얼마나 무참한지…. 어리석기 짝이 없는 자랑을 질리지도 않는지 끊임없이 늘어놓습니다. 듣는 사람은 빨리 끝나기만 바라는데도 도무지 눈치를 못 챕니다. 길고 지루한 결혼식 주례사 같은 말을 언어의 전문가가 펼쳐 내고 있으니 이 얼마나 참담합니까?

주례사든 파티의 대화든 이야기하는 어떤 시점에서 자의식을 닫아 버렸기 때문에 지루합니다. 자신의 지위나 성공에 만족한 나머지 자의식을 작동하는 걸 그만두고 말았습니다. 이런 것을 만심慢心이라고 합니다.

연설은 짧을수록 좋다, 연설을 듣고 싶어 하는 사람은 없지만 할 말은 해야 한다는 식으로 전달하기 위해 말한다는 의식을 작동하지 않으면 끝내 참담한 모습을 보이고 맙니다. 여러분도 그렇게 비참해지기 싫다면 자의식의 괴로움과 연을 끊지 마십시오.

이제 문제는 얼마나 능숙하게 자의식과 자의식이 가져오는 초조함, 흥분이 어울릴 것인가가 되겠지요. 사실 귀찮은 문제인데, 요즘 화제인 스트레스랑 사귀는 방법하고 닮았습니다.

스트레스를 박멸할 수는 없습니다. 우리가 활기차고 과감하게 살아가려고 하면 할수록 스트레스는 쌓입니다. 그래서 스트레스를 피하거나 줄이는 데 힘을 쏟는 대신 스트레스와 잘 사귀는 방법을 생각하면 된다는 담론이 스트레스 관리 차원에서 활발하게 전개되고 있는데 그와 비슷하지 않을까요? 결국 초조함이나 긴장감을 길들여서 즐기자는 말입니다.

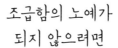

조급함의 노예가
되지 않으려면

초조함과 사귀기란 꽤 어렵습니다. 가장 무서운 일은 초조함의 노예가 되는 것입니다. 초조함에 가속도가 붙어서 인생을 지배해 버리고 모든 행동 원리가 초조함으로 수렴됩니다. 상당히 고약한 일입니다.

지금 제 주변의 젊은이들을 관찰해 보면 다들 쫓기듯이 서두르고 초조해한다는 인상을 강하게 받습니다. 대화할 때도 좀 더 빨리 내 생각을 말하고 싶다, 말로 표현할 수 있다면 정확하게 전달하고 싶다, 전달됐다면 이해를 받고 싶다… 하는 식으로 생각이 점점 격해집니다. 당연히 뜻대로 안 되면 이내 강력한 좌절감에 빠져듭니다.

내 생각이 왜 말로 표현되지 않는가, 왜 전달되지 않는가, 왜 이해받지 못하는가…. 이런 식으로 강력한 불신과 불안을 안게 됩니다. 이상하리만큼 말수가 적어지고 타인과 만나는 것을 꺼려합니다.

원래 표현, 전달, 이해는 신속하고 완전하게 실현할 수 있는 것이 아닙니다. 이런 바람을 실현하려고 서두르면 당장에 좌절감을 맛보리란 건 불을 보듯 뻔합니다. 대화에 웬만큼 숙달된 사람도 완벽을 기하기란 참 어렵습니다. 대화는 표현할 수 없고, 전달되지 않고, 이해받지 못한다는 좌절과 착오를 전제로 해야 합니다. 게다가 소리 내어 말하는 과격함이 필요한 행위입니다. 어느 정도의 인내와 여유가 필요한 것은 당연한 일입니다.

젊은 사람들의 성급함은 단지 대화할 때만 보이는 것도 아닙니다. 다양한 자리에서 만나는 젊은이들과 인생의 전망에 대해 이야기하다 보면 다들 너무나 조급해서 놀라움을 금치 못하곤 합니다. 무조건 뭔가를 이뤄 내야 한다, 뭔가를 찾아내야 한다며 조바심을 냅니다. 주위 사람들은 착실하게 실적을 쌓아 가는데 자신은 가진 것이 없다며 비명을 지르는 젊은 사람들이 정말로 많습니다.

이들 사이에서 흔하게 보이는 현상이 무턱대고 시험 공부를 하거나 자격증을 따려고 애쓰는 것입니다. 변호사를 비롯해 세무사, 공인회계사 같은 어려운 자격증을 따려고 공부에 매달립니다. 아니면 영어 시험을 위해 학원을 다닙니다. 물론 자격증을 따는 것은 나름대로 실적이라고 할 수 있으며, 그 자격증이 앞으로 살아가는 데 도움이 되는 일도 있겠지요. 하지만 제 눈에는 도저히 참기 힘들고 너무나 불건전하다는 생각밖에 들지 않습니다.

왜 그렇게들 조급해할까요? 왜 젊은 사람들, 그것도 우수한 젊은이들이 맹목적으로 서두르는 걸까요? 일종의 도피가 아니냐고 힐난하고 싶습니다.

이렇게 말하면 매서운 비난이 쏟아질까요? 우리는 현실이 팍팍하다는 것을 충분히 인식했고, 그렇게 살기 힘든(특히 젊고 뜻 있는 여성들이) 이 세상을 긍정적으로 살아가고자 자격증을 따려는 것인데 도피라니 그게 무슨 소리냐고 말이죠.

초조해하는 젊은이들이 현실을 제대로 인식했다는 건 맞는 말입니다. 다만 자격증으로 삶의 보증수표를 얻으려는 것, 즉 소극적인 안락을 구하려는 것은 도피라고 생각합니다. 절대적인 보장을 원하는 심리는 자신이 불투명하고 예측 불가능한 현실에 놓여 있다는 사실을 외면하려는 의식이라고 봅니다.

현실적으로 생각해 봤을 때 자격증 같은 것이 정말로 그만큼의 안정을 주고 가치가 있는지는 상당히 의문스럽습니다. 변호사나 세무사는 자격증의 왕이라고 부를 만큼 확실히 높은 가치를 갖고 있습니다.

하지만 앞으로 변호사 숫자가 미국처럼 불어나면 어떻게 될까요? 미국은 홈리스 변호사도 넘쳐납니다. 소송이 판치는 사회를 우려하는 목소리가 높으니 갑자기 그런 상태가 되지는 않겠지만 지금도 합격자가 늘어나서 연수생들의 취직 문제가 심각합니다.

공인회계사나 세무사의 경우는 앞으로 회계 기준이 격변하리라고 예상하면 정보 혁명에 힘입어 급격하게 합리화될 것 같습니다. 당연히 경쟁도 치열해지겠죠. 이 점은 법률 관련 자격증과 마찬가지입니다.

자격증이 쓸데없거나 의미가 없다는 말을 하는 게 아닙니다. 다만 자격증은 단순히 살아가기 위한 수단에 지나지 않는다는 걸 말하고 싶습니다. 법률 세계든 세무 세계든 그 분야에서 살아남아 만족한 생활을 유지하려면 많은 노력과 창의적인 연구가 필요합니다. 변호사가 될 사람은 법률의 영역에서 끊임없는 노력을 할 수 있을 만큼 적성도 맞고 강한 의지도 갖고 있어야 합니다. 그 점을 똑바로 인식하지 않으면 아무리 훌륭한 자격증을 갖고 있어도 아무 의미가 없습니다.

좀 더 본질적인 얘기를 하자면 자격증과 관련된 영역을 자신이 좋아하는지, 그 일을 사랑하는지 생각해봐야 합니다. 제 말이 모호하다고 느껴질 수 있지만 좋아하는 일과 마음에 드는 일을 하는 것은 인생을 즐기는 데 아주 중요한 요인입니다.

성급함 혹은
도피에 고하는 글

젊은 사람들이 정확한 자기 인식 없이 단지 안심하고 보장할 수 있는 것만 추구하는 걸 보고 초조해진 나머지 도피하는 것 아니냐고 말했는데, 그 본질은 자신에게서 도피하는 것입니다.

사실 자신의 적성이나 기호는 알아내기 어렵습니다. 자신에게 무엇이 가장 중요한지, 도저히 양보할 수 없는 것은 무엇인지 등 적성이나 기호를 파악하려면 자기 자신과 진득하게 사귀어야 합니다. 난 정말로 무슨 생각을 하는가, 무엇을 바라는가 이 두 가지가 가장 중요하니 그것만 확실하다면 나머지는 저절로 해결된다고 말해도 좋을 정도입니다.

특히 지금처럼 선택지가 풍부한 시대에는 자신을 정확하게 파악하는 것이 중요합니다. 아무리 다양한 가능성이 열려 있다고 해도 현실적으로 당신이 한 번에 할 수 있는 일은 하나밖에 없으니 그 근본을 소홀히 하면 자신의 의지와는 거리가 먼 인생을 살 수밖에 없습니다. 자격증을 준비하는 것보다 자기 자신과 사귀는 편이 몇 배나 소중하며, 시간과 노력을 투자할 만한 의미가 있습니다.

사실 젊은 사람들이 초조해하는 것도 무리는 아닙니다. 젊음과 속도가 지나칠 정도로 존중받고 있기 때문입니다. 현대 사회의 특징은 젊은이를 과도하게 존중한다는 점입니다. 현대 사회가 대단히 변화무쌍하고, 그런 변화를 미래를 향한 진보나 발전이라고 보아 온 것과 깊은 관계가 있습니다. 사회가, 세계가 그리고 인간성 자체가 하루가 다르게 개선되고 발전한다는 사고방식인데, 18세기 서구에서 유포되기 시작하여 21세기에도 여전히 사회는 진화한다고 믿는 것 같습니다.

조금만 생각해 봐도 알 수 있듯이 과학 기술이 발전하는 것이나 교통 기관과 정보망이 정비되는 것과 사회나 인간이 진보하는 것은 일치하지 않습니다. 편리함이나 정비를 가치관이라고 본다면 분명히 발전입니다. 하지만 인생의 다채로움과 생활의 풍요로움이라는 관점에서 보자면 퇴보이고 상실일지 모릅니다. 현대인의 진보에 대한 맹신은 급격한 변화에 대응하기 위한 눈속임, 일시적인 위안이라고 말해도 좋을 것 같습니다.

어찌됐든 발전해 나간다고 여겨지는 사회에서는 젊은 사람이 존중받는 법입니다. 미래지향적인 사회는 젊음을 가능성으로 치환해 버리기 때문입니다. 시대를 거치면서 사회가 발전한다고 생각하는 입장이라면 현재의 인간보다 미래의 인간이 진보할 것이고, 결국 젊은 사람이 나이 든 사람보다 뛰어나다는 말이 됩니다. 단지 인간에게만 국한된 얘기는 아닌 것 같습니다.

문학과 음악도 자동차나 가전제품과 마찬가지로 무조건 새것일수록 좋다고 생각합니다. 반면 변화가 적고 안정된 사회에서는 나이 든 사람이 존중받습니다. 근본적인 변화가 있지 않은 한 축적된 경험이 언제나 유효하기 때문입니다.

지금 일본은 격렬하고 커다란 변화를 맞이하고 있습니다. 전후 일본의 번영과 안정을 구축해 온 다양한 시스템이 소리를 내며 무너지고 있습니다. 기업과 관공서 혹은 교육 기관에서조차 그간의 방식으로 경험을 쌓아 온 중장년층이 망연자실해할 만큼 자신감을 잃어버렸습니다. 그런 어른들을 무시하는 젊은 사람들은 새로운 시스템에 적응해 갈 수 있는 자신감을 가진 것처럼 보입니다. 이런 시대다 보니 젊음 자체를 가치 있게 보는 것도 어쩔 수 없는 일이라고 생각합니다.

요 몇 년간 여기저기서 여고생들을 과도하게 치켜세웠습니다. 패션 영역뿐 아니라 일반 기업까지도 여고생을 주요 소비층으로 중시하게 된 것은 이런 정세와 관련이 있습니다.

하지만 과도하게 젊음을 존중하고 나이 듦을 경시하는 가치관은 인생을 정말 재미없게 만듭니다. 젊음을 잃는 것이 성숙해지는 과정이 아니라 단순한 쇠퇴라면 살아가는 일이 얼마나 허무하겠습니까? 제가 염려하는 점은 무미건조한 일상이 노인뿐 아니라 젊은 사람들 사이에도 만연해 있는 듯 보인다는 것입니다. 사실은 젊은이들한테서 과도하게 존중받는 젊음과 젊음을 잃은 후의 체념이 더욱 분명하게 보입니다.

제 주위에서도 적지 않은 젊은 사람들이 스물다섯도 되기 전에 이미 자신의 인생과 찬란함이 끝나 버렸다고 말합니다. 젊다고 지나치게 존중받아서인지, 젊음 말고는 자신 있는 게 없어서인지는 모르겠습니다. 어쨌든 스무 살을 갓 지난 젊은이들이 벌써부터 인생에 한계선을 긋고 있는 것처럼 보입니다.

물론 젊은 사람들에 대해 지나치게 가능성 운운하는 것은 무책임합니다. 여러분에게 무한한 내일이 있다는 말은 악질적인 선동 문구입니다. 다양한 제약으로 인해 우리 인생에 한계가 존재하는데, 그런 제약의 범위 안에서 어떻게든 납득할 만한 삶의 방식을 찾아야만 합니다.

그와 동시에 너무나 쉽게 희망을 포기해 버리는 것도 인생을 허무하게 만듭니다. 포기는 곧 도피이며 정치적 무관심을 동반합니다. 희망이 실현 가능한지 여부와 별개로 적어도 손이 닿을 수 있는 목표를 향해 노력하는 것은 설령 그 목표에 도달하지 못하더라도 삶에 긴장감을 안겨 줍니다. 그 과정에서 열정을 다해 긴장감을 가지고 살아가는 편이 의미 있다고 봅니다. 꿈과 희망을 포기하는 것은 말 그대로 인생의 충실함을 버리는 일입니다.

긴장하기보다는 힘을 빼고 느긋하게 살아가는 편이 좋다고 생각할 수도 있겠지요. 하지만 저는 힘을 뺐을 때 느끼는 즐거움도 긴장의 맛을 모르면 경험할 수 없다고 생각합니다.

그럼에도 불구하고 왜 젊은 사람들이 일찍부터 자신의 인생에 한계를 긋는 걸까요? 앞에서 지적한 조급함 때문이라고 봅니다. 너무나 조급하게 인생의 성과를 올리려는 자세와 성급하게 인생을 포기하는 태도는 둘 다 자신의 인생과 제대로 마주하지 않았다는 점에서 공통점이 있습니다. 무조건 자격증을 따려고 애쓰거나 성과를 내겠다는 의식 그리고 자신의 인생은 이것밖에 안 된다는 자기 비하는 모두 삶과 제대로 맞서지 않는 것입니다. 인생에서 도망쳐 버리는 일입니다.

대화든 인생이든
과정이 즐겁다

물론 인생살이가 녹록하지는 않습니다. 짜증나는 일 투성이에다 일이 의도한 대로 풀리지 않을 때가 많습니다. 그런 것들이 지긋지긋하다는 사람에게 즐거운 인생을 강요할 생각은 없습니다.

하지만 견디기 힘든 초조함을 느끼면서도 인생을 20년 혹은 30년의 긴 호흡으로 바라보며 자신이 할 수 있는 일과 하고 싶은 일을 고려해 본다면 결코 절망할 일은 아니라는 걸 납득하지 않을까요?

초조함의 노예가 되는 것은 인생의 적입니다. 무엇

보다도 조급함은 인생의 즐거움을 방해하기 때문입니다. 이렇게 말하면 업무 때문에 바쁘거나 삶이 급속하게 전개되는 것도 유쾌한 일 아니냐는 의문이 생길 것 같습니다. 삶 자체에 가속도가 붙으면 확실히 쾌락도 생겨납니다. 저 역시 제 글이 세상에 팔리기 시작했을 때 인생에 가속도가 붙는 쾌감을 맛본 적이 있었습니다. 하지만 속도라는 것도 역시 완화 혹은 서두름과 정반대되는 태도를 갖지 않으면 맛볼 수 없습니다.

이해하기 어려운가요? 당신이 A지점에서 B지점까지 어느 때는 비행기로, 어느 때는 직접 자동차를 운전해서 간다고 합시다.

당신은 교통경찰에게 걸리면 그 자리에서 면허가 취소될 정도의 속도로 자동차를 몰고 있습니다. 장시간 운전하느라 온몸이 뻐근하고 피곤하겠지만 동시에 빠르고 능숙하게 쇳덩어리를 조종하고 자신의 의지로 신속하게 이동한다는 충실감을 맛볼 것입니다.

비행기는 어떻습니까? 자동차하고는 비교되지 않을 만큼 빠른 속도로 이동합니다. 그런데 이동한다는 점에서는 똑같습니다. 다만 승객인 당신은 짐짝과 마찬가지로 폐쇄된 공간에 갇힌 채 이동할 뿐입니다.

좀 더 중요한 문제가 있습니다. 비행기가 엄청난 속도로 날아가고 있는데도 당신은 아직 도착하지 않았다, 아직 30분밖에 지나지 않았다며 오로지 도착할 일만 생각합니다. 물론 책을 읽거나 식전주를 마시기도 하겠지만 그저 기분 전환을 위해서일 뿐입니다. 한마디로 목적지에 도착하기 위해 무기력하게 대기하는 중입니다. 아니면 초조해하고 있을 뿐입니다. 처음 퍼스트 클래스에 탔다면 비행 시간이 짧게 느껴질(그래도 도쿄와 프랑크푸르트 직통 정도가 한도지만) 수도 있겠지만 지금은 그런 경우를 고려하지 않겠습니다.

비행기보다 자동차를 운전해서 가라는 얘기가 아니라는 것쯤은 알겠지요. 저는 둘을 비교함으로써 인생에 존재하는 두 종류의 속도를 보여 주었을 뿐입니다. 비행기건 자동차건 목적지를 향해 서두른다는 점은 같습니다. 그럼 무엇이 다른 걸까요?

자동차는 오로지 목적지에 도착하는 것만 생각하지 않습니다. 뇌리에 도착점이 있겠지만 의식에 자리한 먼 경치일 뿐입니다. 의식의 대부분은 그때그때 운전하는 일이나 도로 상황을 향해 있습니다.

반면 비행기는 목적지에 도착하는 것만 중요할 뿐 다른 요소들은 완전히 부수적입니다. 그런 점에서 승객은 목적을 위해 모든 의식과 주의를 빼앗기고 아무것도 할 수 없는 데다 느낄 수조차 없습니다.

요컨대 인생을 서두르는 방법에도 두 종류가 있습니다. 목적을 향해 서두르는 과정을 즐길 수 있느냐 없느냐입니다. 물론 실제로 과정을 즐기기란 어렵습니다.

저는 자동차와 비행기라는 극단적인 비유를 했지만 우리 인생은 매우 세세한 문맥으로 얽혀 있어서 즉각적인 판단을 내리기가 힘듭니다. 얼핏 보면 운전하는 것 같지만 실제로는 좌석에 앉은 채 이동할 뿐이고, 오히려 옆 자리에서 과자를 먹는 사람이 기장의 역할을 맡아서 운전을 지시할 수도 있습니다.

과연 무엇이 이런 상황을 결정하는 것일까요? 초조함과 사귀고 길들이기입니다. 좀 더 알기 쉽게 말하면 순간을 즐기는 것, 의미와 목적을 내려놓고 현재를 즐기는 것이죠. 다시 차의 비유로 돌아가자면 스티어링의 감촉이나 창밖 풍경, 순간적으로 판단해서 능숙하게 기어 변속을 하거나 브레이크를 밟는 조작 감각, 강렬한 가속에서 맛볼 수 있는 도취감 등의 즐거움 하나하나를 전부 다 맛보는 것입니다.

이런 즐거움들은 찰나적이지 않습니다. 그 점이 중요합니다. 쾌감을 즐기다 보면 때때로 목적 자체가 사라진 것처럼 보입니다. 하지만 길은 확실하게 목적지와 이어져 있습니다. 가장 중요한 부분입니다.

운전의 즐거움은 단지 목적지를 향해 달리는 데서 얻을 수 있는 것과는 다릅니다. 폭주족이나 난폭 운전자로 불리는 종족부터 단순한 드라이브 애호가까지 세상에는 운전을 좋아하는 사람들이 다양하게 존재합니다. 그런 취미를 부정할 마음은 없습니다.

다만 목적지를 향해 고속으로 달리는 즐거움과 취미로서 시도하는 즐거움은 결정적으로 다르다는 점을 말하고 싶습니다. 자칫 오해를 불러올 수 있을 텐데, 목적지를 향하는 즐거움은 취미에서 느끼는 즐거움보다 깊이가 있고 본질적입니다. 저의 곡해일지도 모르지만, 지금 이 세상에는 젊은 사람들뿐 아니라 비행기 승객과 폭주족밖에 없는 것 같습니다.

목적을 가진 사람들은 무조건 목적에 이르는 것만 목표로 정해 놓고 옹색한 자리를 비롯해 갖가지 불편을 참습니다. 어쨌든 도착할 때까지는 얌전히 있자며 말이죠. 한편 즐거움만 추구하는 사람들은 어디로도 통하지 않는 길을 빙빙 돌아다니며 쓸데없이 시간을 허비합니다. 정말로 한심합니다.

순간순간을 즐기며 목적지를 향해 나아가야 합니다. 그러기가 쉬운 줄 아느냐며 따지고 싶겠죠. 하지만 인생의 노력을 이런 과정을 만들어 내는 일에 쏟아 부어야 합니다.

대화의 긴장감에 대해 이야기하다 초점이 많이 벗어나고 말았군요. 그래도 요지는 같습니다. 대화든 인생이든 초조함과 잘 사귀는 것 그리고 긴장감을 스릴 넘치는 쾌락으로 전환하는 것이 성공 요인입니다.

화
제
를

말
하
다

무슨 말을
해야 하나

"당신은 사람들과 이야기하는 것을 좋아하나요?" 하고 물었을 때, "네, 좋아합니다."라고 대답하는 사람은 별로 없는 것 같습니다. 특히 젊은 사람들은 좋아한다고 말하지 않습니다. 대화하면서 계속 스트레스를 받기 때문입니다.

뭘 얘기해야 좋을지 모르겠다, 말을 꺼내긴 했지만 화제가 막히지는 않을까, 내 의도가 전달되지 않는 건 아닐까, 바보처럼 보이는 것은 아닐까, 비웃음을 사지는 않을까, 미움을 받지는 않을까… 하고 걱정하다 보니 대화를 두려워하거나 두려워하지는 않더라도 대화가 싫다며 움츠러듭니다.

저는 그런 심정을 부정하지는 않습니다. 극복하라고 말하고 싶지도 않습니다. 초조함과 긴장감에 대해 얘기할 때 말했지만 그런 기분은 누구나 조금이라도 갖고 있고, 또한 갖고 있어야 한다고 생각합니다. 오히려 공포심을 가져야 합니다. 그런 마음가짐에서 대화에 관한 모든 의식이 시작됩니다.

그러나 대화를 두려워하기만 해도 아무 소용 없습니다. 공포심을 갖고 있으면서도 이야기를 하려면 어떻게 해야 좋을까요? 이야기를 하려면 어떤 의식을 갖고 있어야 하는지 생각해 봤습니다.

제 생각에 가장 좋지 않은 것은 타인과의 긴장감 자체를 지워 버리는 일입니다. 달리 표현하자면 타인을 타인으로서 보는 걸 그만둬 버리는 것입니다. 요컨대 타인을 자신과 다른 존재, 즉 감각도 의식도 다른 존재라고 보지 않고 모두 똑같다고 생각해 버리는 것이죠. 종교나 자기 계발 세미나에서도 자주 사용하는 방법입니다. 모두 신의 자식이다, 타인을 의심하는 것은 긍정적인 자세가 아니다, 자신을 솔직하게 드러내면 모든 것이 통한다는 부담스럽고 저열하기 그지없는 신념으로 모든 사람을 획일화합니다.

물론 자신을 있는 그대로 드러내도 상관은 없습니다. 하지만 상대방에 대한 충분한 배려와 조심스러움이나 다소곳함은 가지고 드러냈으면 합니다. 뜬금없이 똑같은 부류로 취급당하는 건 견디기 힘드네요.

아니면 전에 말했듯이 매뉴얼 같은 대화도 있습니다. 이런 경우에는 이렇게 얘기한다는 식으로 미리 정해 둡니다. 대화할 때 기억해 놓은 말들을 상대방에게 줄줄 내뱉습니다. 약간의 어긋남 정도는 무시합니다.

이런 식의 접근 방법은 젊은 사람들에게만 해당하는 얘기가 아닙니다. 젊은 사람들의 경우 처음 만나는 사이에서 나누는 대화에 일정한 스타일이 있으며, 그런 스타일을 서로 지켜 주면서 겉으로는 원활함을 가장하는 경우가 많은 것 같습니다. 그런데 어른들의 세계라고 해서 다르지는 않습니다.

저는 일 때문에 재계에 있는 분들과 이야기할 기회가 많습니다만 대부분 어디서 들었을 법한 이야기, 즉 텔레비전이나 신문에서 떠들어 대는 얘기밖에 하지 않습니다. 적당하게 시류를 탄 발언으로 일관하는 것이 확실히 무난하긴 합니다. 발언 때문에 책임을 물을 일도 없을 것 같습니다.

전 세계에서 이름난 대기업 수장이 실제로는 자기 나름의 생각을 가졌을 수도 있겠지만, 말하는 얘기가 지극히 평범하며 시종일관 신문 사설 레벨의 토론만 해대거나 그 수준에서 벗어날 용기를 갖고 있지 못하다면 곤란하지 않겠습니까? 물론 미국식 경제에 적응하기 위해서 고군분투하는 경영자라면 독자적인 견해나 사상 따위를 요구하는 것 자체가 무리일지도 모르겠습니다.

젊은 사람이든 나이 든 사람이든 정해진 틀대로만 이야기한다는 점에서 다르지 않습니다. 틀에 박힌 이야기밖에 하지 못하는 이유는 그렇게 해야 무난하기 때문입니다. 그 범위 안에서 이야기하는 한 큰 소동이나 트러블은 일어나지 않습니다. 그런 의미에서 편리하고 안전합니다.

하지만 아무 일도 벌어지지 않는 것은 재미가 없습

니다. 게다가 아무런 인상도 남기지 못합니다. 물론 무난하게 지나가는 것이 가장 좋다고 할 수도 있겠지만, 그래도 어렵게 만났는데 아무런 인상도 남기지 않고 관계의 실마리도 만들지 못한 채 기회를 버리는 건 아깝지 않습니까? 상대방에게 깊은 인상을 남길 수 있다면 기쁘지 않은가요? 기분이 좋지 않나요?

우선 실리를 얻거나 뭔가를 해야 한다는 식의 의무감에서 벗어나 순수한 쾌락을 기준으로 파악해 봅시다. 대화의 공포를 극복하기 위해서도 아니고 타인을 깎아 내리기 위해서도 아닌 단지 쾌감을 위해 말할 것. 그 시점에서 대화에 대해 생각해 봅시다.

이야기가 살짝 벗어나지만 저는 해외의 지식인들과 교류하는 편입니다. 프랑스 문학을 전공하다 보니 프랑스 쪽 사람들을 많이 만나는데 그들은 말이 많습니다. 정말로 끊임없이 말을 합니다. 그들의 입장에서 보자면 일본인들은 말수가 없고 무뚝뚝하게 보일 정도입니다. 자신의 생각을 전부 내뱉지 않으면 성이 차지 않는다는 듯 지껄입니다.

그런 의미에서는 오히려 대화가 성립하지 않는다고

도 할 수 있겠군요. 하지만 그들은 엄청난 양을 쏟아낼 정도로 이야깃거리를 준비하고, 제안된 주제에 대해 반응할 수 있을 만큼 내공을 쌓은 것 또한 사실입니다.

일본의 정치가나 관료들은 외교 문제를 말하면서 역사나 문화를 화제로 삼아서는 안 된다는 이야기를 자주 합니다. 일본의 정치 풍토에서는 문화에 관한 얘기를 직접적으로 다뤄야 한다는 의견이 지지받지 못합니다. 오히려 문화적 기운 따위는 자제해야 하는 것으로 바라봅니다. 문화란 기껏해야 오부치小渕 전 수상처럼 극단 시키四季의 뮤지컬을 보는 것 정도가 적당하다고 여깁니다. 원체 부주의한 실언만이 화제에 오르는 일본의 정치가를 떠올릴 때 프랑스 쪽 사람들과 교양의 수준이 다른 것은 극복하기 힘듭니다.

정치인들의 실언은 독특하면서도 상당히 흥미로운 대화라고 생각할 수 있습니다. 물론 개중에는 이시하라 신타로石原慎太郎의 실언처럼 오히려 자신의 정치적 우위를 명확하게 굳히려는 의도가 담긴 경우도 있지만, 모리森 전 수상처럼 자신이 텅 빈 사람이란 것을 그대로 드러내서 당 전체를 궁지로 몰아넣기도 합니다.

생각해 보건대 일본 정치에서 실언이 큰 의미를 갖게 된 이유는 정치가의 발언이 지나치리만큼 처음부터 끝까지 계획대로 짜 맞춰졌기 때문일 것입니다. 정식으로 발설하는 메시지보다 무심코 흘린 실언이 정치적 의미를 갖는다는 점에서 일본 정치의 궁상이 적나라하게 드러나 있다고 말해야 할까요?

지식이나 교양이 없다는 게 문제는 아닙니다. 물론 그것도 문제긴 하지만 대화를 나누고 서로 이야기한다는 것에 대한 마음가짐이 완전히 다릅니다.

사실 프랑스인들 역시 미술이나 음악에 특별한 흥미가 있는 건 아니라고 봅니다. 하지만 대화의 재료가 되는 것에는 탐욕스러운 반응을 보입니다. 호불호는 제쳐 두고 대화의 장에 들어와서 존재를 어필하기 위해 미술관이나 음악회를 누빕니다. 그런 마음가짐이 대화의 무게감을 만들어 냅니다. 경제 신문과 텔레비전 뉴스밖에 참조할 줄 모르는 일본의 정치가나 배우가 침묵할 수밖에 없는 것은 당연합니다. 대화를 준비하는 방식이 다릅니다.

이야깃거리는
늘 준비해 둘 것

일본과 다른 나라를 비교하는 것은 안이해 보여서 좋
아하지는 않습니다. 다만 어떻게 대화를 연출할 것인
가, 이야기를 할 때 자신을 어떻게 보여 줄 것인가에
대해서 프랑스인들은 매우 의식적입니다. 솔직히 말하
면 짜증스럽기도 하지만 훌륭하다는 것은 인정합니다.

프랑스에서는 문화적 사건이 식탁의 화제로 올라오
곤 하는데, 그들이 문화나 예술에 대해 특별히 관심을
가져서가 아닙니다. 그 주제가 대화에 어울리기 때문
입니다. 활발하게 의견을 나누더라도 정치나 종교를

화제에 올릴 때처럼 험악한 상황이 벌어지지 않고, 소문이나 험담처럼 천박하지도 않습니다. 나아가 예술 방면은 잔가지가 풍부합니다. 잔가지와도 같은 얘기들을 소소하게 펼치다 보면 대화는 얼마든지 이어집니다. 단적으로 말하면 그들은 예술보다 대화를 사랑하고 존중합니다.

혹시 예술을 모독하는 거라고 생각한다면 한번 떠올려 보기 바랍니다. 요즘 당신은 친구나 애인과 어떤 이야기를 했나요? 친구 험담, 직장이나 학교 이야기 혹은 텔레비전 프로그램이나 제이팝 이야기, 옷 이야기…. 나름대로 재미있을 수도 있고, 분위기를 띄울 수도 있습니다. 하지만 언제나 그렇지는 않습니다. 때로는 그런 이야기가 지루해서 입 다물어 버리는 쪽이 편하다고 생각한 적은 없나요?

대화를 지루하게 만드는 요소는 여러 가지가 있겠지만, 이야깃거리가 제한되어 있다는 것이 가장 큰 요인이라고 봅니다. 이렇게 물어보면 어떨까요? 예를 들어 당신 주변에 아주 독특한 것 혹은 재미있는 것이 있다고 칩시다. 오늘 만날 친구나 연인에게 그 사건을 전달하고 싶지 않겠습니까? 당신의 놀라움과 흥분도 전달하고 싶을 것입니다.

그렇다면 어떻게 이야기할 것인가, 어디서부터 이야기할 것인가 등 많은 생각을 하겠지요. 실제로 당신의 생각이 전달돼서 당신의 감정이나 감각이 상대방에게 전해지면 아주 만족스럽겠지요. 흥분, 기쁨, 슬픔을 직접 이야기하고 상대방에게 제대로 전해졌는지 확인하는 것. 그것이 본질적인 대화의 재미입니다.

그런데 실제로 평범한 대화는 어떤가요? 흥분을 동반하고 있나요? 대부분의 경우 어찌어찌 하다 보니 만나서 시간을 보내게 됐고, 머릿속에 떠오르는 것들을 툭툭 내던집니다. 그러다가 우연히 마음이 통하면 얘기가 탄력을 받아서 전개되고 가끔 폭소도 터뜨릴 것입니다. 앞에서 말한 사례는 아주 특수한 경우라고 생각합니다.

제가 대화를 의식적으로 연출해야 한다고 말한 것은 특별히 흥분되는 이야기를 대화의 중심으로 끌어들이는 시도를 의미합니다. 만나기 전부터 오늘 무슨 이야기를 할 것인가, 이야기를 어떻게 이끌어 나갈까 생각해 두는 것입니다. 그런데 주변에 재미있는 사건이 있으면 좋겠지만 늘 그럴 수는 없습니다.

대화를 나누는 자리에서 누군가 시작한 이야기가 자신에게 날아 들어와 말하고 싶은 욕구를 솟구치게 만든 것이 아니라 자신의 의지로 이야기를 꺼낸 경우, 그 이야기가 재미있는지 없는지는 스스로 판단해야 합니다. 동시에 상대방(물론 상대방은 한 사람이 될 수도 있고 여러 명이 될 수도 있겠지요)에게도 재미있을지, 이야기가 잘 통할지, 오히려 불쾌하게 만드는 것은 아닌지 살펴야 합니다. 아니면 누군가에게는 불쾌하게 느껴지더라도 오히려 자극이 될 거라는 판단이 설 수도 있습니다. 이제 무엇을 화제로 삼을 것인가에 대해 치밀한 검토가 필요해집니다.

이런 의식이 인간에게는 악의 첫걸음, 다시 말해 무구함에서 탈출하는 첫걸음이라는 사실을 거듭 강조했습니다. 악이란 상당히 농밀합니다. 선량함이 확신에 찬 꾸밈없는 행위라고 한다면, 악이란 면밀하게 의식을 갈고닦아야 할 만큼 세심한 것입니다.

이야기를 원점으로 되돌리겠습니다. 일단 이야깃거

리를 준비해 두자고 결정하면, 즉 대화를 연출하기로 마음먹었다면 사실 수많은 생각을 해야 합니다. 상대방이 어떤 이야기를 좋아하고 어떤 이야기를 꺼려할지 진지하게 생각하는 것도 만만한 일은 아닙니다. 그래서 지금까지 몇 차례 말했듯이 평상시 상대방을 세심하게 관찰해 둘 필요가 있습니다.

이야깃거리에 대해서도 상당한 의식이 필요하겠지요. 이야깃거리를 준비한다는 의식이 있다는 건 무슨 대화를 나눌지 늘 주의를 기울인다는 의미입니다. 일상에서 무슨 재미있는 일은 없는지, 예술이나 문화 분야에 이야깃거리로 삼을 만한 소식이 있는지 늘 세심하게 신경 쓰는 것이죠.

이런 의식을 갖고 생각해 보면 프랑스인들이 음악, 미술, 문학을 대화에 올리는 습관은 매우 합리적이면서도 간단한 일이라는 걸 깨달을 것입니다. 물론 음악회나 미술관의 문턱이 닳을 정도로 드나드는 노력은 필요하겠지만 이야깃거리가 부족하지 않으니 오히려 이득을 보는 셈입니다.

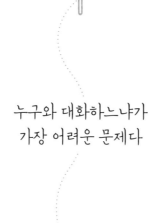

누구와 대화하느냐가
가장 어려운 문제다

이야깃거리를 준비해야 한다고 간단히 말했지만 사실 상당히 어려운 일입니다. 어려운 문제는 많습니다. 특히 큰 어려움은 대화 상대입니다.

당신이 이야깃거리를 선택해서 매력적으로 풀어내면 상대방은 재미있게 듣고 즐거워하리라 생각하겠죠. 멋지게 이야기하는 당신을 보고 친구나 연인들이 대화에 집중하는 태도를 보이면 좋겠지만 그게 또 말처럼 쉽지는 않습니다.

상대방이 시큰둥해하면 그 자리를 혼자 연출해서 이

끌어 가려는 당신 또한 재미가 없어집니다. 당신 혼자만 배려하고 있다는 기분이 들 테고, 어느새 당신의 권태가 상대방에게도 전달될 것입니다.

결국 상대방은 뭐야, 혼자 잘난 듯이 지껄이고 있네, 이 자식, 쓸데없이 어려운 얘기만 늘어놓잖아 하며 부아가 날 것입니다. 아마도 당신의 마음씨 착한 친구는 대놓고 그런 말을 내뱉지는 않겠죠. 하지만 매우 섬세한 당신은 상대방이 조금이라도 그런 생각을 하면 바로 알아채고 말 것입니다.

이 순간부터 이야기를 한다는 즐거움과 정신력은 송두리째 사라져 버리고 맙니다. 역시 순진무구하게 굴었어야 했다고 후회하거나, 친구와의 만남뿐 아니라 회식 자리에서도 먼저 나서서 이야기를 끌어가는 노력을 하려고 들지 않을 것입니다. 이야기를 시작하고 대화를 이끌어 가는 힘이란 사그라지기 쉬운 성질을 지녔기 때문입니다.

정말이냐고 의심의 눈초리를 보내겠지만, 저 같은 인간조차도 대화하기 힘들 때가 있습니다. 피곤하거나 울적해지면 누군가를 만나서 얘기하거나 사람들 앞에

나서서 떠들고 싶지 않습니다. 대화를 피하고 싶지만 어쩔 수 없이 해야 한다는 정신력이 저를 지탱해 줄 뿐입니다.

중요한 것은 그런 정신력이 어떻게 생겨났느냐 하는 점입니다. 제 경우를 보면 의무감이나 사명감은 분명히 있습니다. 문학가이자 언론인이라는 걸 자부하는 저로서는 상황을 판단해서 사람들을 모으고, 그렇게 모인 사람들에게 다소나마 활력을 불어넣어 줄 이야기를 해야 한다는 의식을 갖고 있습니다. 하지만 의무감만으로 이야기를 풀어 나가기는 너무 어렵습니다. 저도 거북함이나 자의식으로 인한 피로를 느끼지 않겠습니까?

과연 무엇이 버팀목이 돼 주느냐 하면, 정말 별것 없습니다. 변변찮은 이야기지만 듣고 싶어 하는 사람이 있을 것이다, 재미있어하는 사람이 있을 것이다 하는 믿음입니다. 겨우 그 정도냐고 코웃음을 치겠지만 정말입니다. 언론인으로서 이것만은 꼭 말하고 싶은 것, 제대로 전달될지 어떨지 몰라도 꼭 말해 주고 싶은 것들이 있습니다.

그럼에도 불구하고 도저히 견디기 힘들 만큼 권태로울 때, 그래도 입을 열어 이야기를 하도록 지탱해 주는 것은 유치한 착각입니다. 일종의 나르시시즘이라고 말해도 좋고 자기애라고 말해도 괜찮습니다. 타인의 시선을 받으며 사소한 착각을 유지할 수 있는 것은 의외로 중요합니다.

나르시스는 대화를 축복해 주는 신이라 할 수 있습니다. 활발하고 유쾌하게 다양한 이야기를 하려면 당신 자신을 사랑해야 합니다. 혼자만 좋고 끝나는 자기애가 아닙니다. 대화라는 타인의 눈을 의식하면서 자기 자신을 사랑하는 것입니다. 클라이버의 지휘에 대해, 로메르Eric Rohmer(프랑스의 영화감독이자 평론가, 언론인이며 영화 운동인 누벨바그의 거장이다.—옮긴이 주)의 신작에 대해, 하이다(북미 알래스카와 캐나다에 사는 아메리칸 인디언 종족—옮긴이 주) 문제에 대해 말하는 자신을 사랑하십시오.

자기애와 자기 긍정은 어떻게 해야 가능할까요? 사실은 타인에 의해서만 가능합니다. 타인의 인정과 칭찬이 당신의 소박한 자기애를 길러 주고 유지해 줍니다. 하지만 총명한 당신은 당장 되물어 올 것입니다. 그 타인이 대체 어디에 있느냐고 말이죠. 친구나 연인조차도 듣기 귀찮아하는 내 이야기를 들어 줄 상대가 어디 있느냐고 말입니다.

핵심을 찌르는 아주 중요한 의문입니다. 중요하다고 강조해서 말한 이유는 '내가 이야기할 상대는 어디에 있는가?'라는 의문 속에 대화의 동기와 인생의 동기가 함께 들어 있으며, 한 걸음 더 나아가 역전逆轉할 지점이 보이기 때문입니다.

무슨 말인지 이해가 잘 안 되나요? 우선 앞의 질문부터 대답하겠습니다. 당신은 당신의 대화에 어울릴 만한 상대를 찾을 수밖에 없습니다. 대화 상대를 찾아야만 합니다. 그 상대는 당신이 말하는 조건보다 수준이 나은(이런 표현을 거북해하는 사람이 있다는 것을 인정하면서 사용합니다) 사람 아닐까요? 대화에 대한 의식을 갈고닦으면 당신 주위엔 당신과 대화할 만한 상대가 부족해집니다.

바로 여기서 기묘한 역설이 피어났다는 점을 눈치챘는지요? 이 책에서 의식적인 대화를 하는 것은 어른이 되고, 성숙해지고, 자신의 인생을 개척하는 수단이라고 말했습니다. 하지만 대화를 위해 더 높은 곳으로 올라가려 한다면 대체 뭐가 진정한 동기인지 알 수가 없어집니다.

말의 유쾌함과 악

저는 이 책을 통해 대화를 잘하는 것은 자신의 운명을 개척하는 일이라고 말했습니다. 스스로 운명을 개척하는 것은 어쩔 수 없이 떠안은 조건에 얽매이지 않고 자신의 재능과 능력으로 불리한 조건들을 떨쳐 내며 과거를 극복하는 것입니다. 자신이 생각지도 못한 상황에 놓이는 것을 거부하며 자신이 원하는 생활을 추구해 나가는 것이지요.

이런 적극적인 삶의 방식을 실현하려면 대화의 능력을 갈고닦아야 합니다. 그런데 이보다 더 중요한 것이 있습니다. 바로 의식을 갖고 대화하는 것입니다. 하지만 이야깃거리에 대해 얘기할 때 언급했듯이, 대화를 만끽하려면 그 대화를 즐길 수 있는 사람들 사이에서 이야기가 오고가야 합니다.

그렇다면 대화를 의식하고 대화 실력을 닦는 것은 바로 그 닦아 놓은 힘을 발휘할 수 있는 자리에 가기 위한 수단이 돼 버립니다. 이것을 패러독스라고 받아들일 사람도 있을지 모르겠습니다.

하지만 과연 그럴까요? 예를 들어 당신이 피아노 연주에 뛰어난 재능을 갖고 있다고 합시다. 당신은 재능을 꽃피우기 위해 혹독한 노력을 합니다. 노력이 결실을 맺는다면 당신은 아주 넓은 세계에 한 걸음 내디딜 수 있습니다. 그 보수로 성공한 사람이라는 대접을 받습니다. 다양한 열매도 맛볼 수 있습니다.

하지만 성공을 통해서 얻는 가장 큰 기쁨 혹은 감미로움은 성공을 가져다준 피아노 연주회에서만 찾아오는 게 아닐까요? 객석을 채운 세련된 청중, 협연하는 세계 최고의 오케스트라, 시련을 안겨 준 혹독한 비평가들…. 이 모든 것이 당신의 재능에 바쳐졌습니다. 즉 성공을 가져다준 이유들이 성공을 가장 빛내 줍니다.

대화도 마찬가지입니다. 탁월한 대화 실력에 따라오는 가장 큰 열매는 대화 상대가 많아지고, 당신이 하는 말을 진지하게 이해하며 당신이 듣고 싶고 당신을 자극하고 당신을 즐겁게 만들어 주는 대화의 기회가 풍부해지는 것입니다.

'에이, 뭐야? 시시하잖아?'라고 생각했습니까? 그렇다면 당신은 과연 무엇이 가장 걸맞은 열매라고 생각했습니까?

사회적 지위와 자랑스러운 직업은 물론이고 경제력, 화려한 옷과 장식품, 미식, 쾌적한 집과 차, 매력적인 연인, 명성을 가져다주는 위세…. 이런 것들이 꽤 매력적이라는 점을 부정하지 않으며 이런 것들을 원하는 것도 당연합니다. 한창 젊은 나이에 이런 것들에 전혀 흥미가 없다면 오히려 곤란하다고 봅니다.

하지만 과연 어떤가요? 이런 것들이 정말 그 자체로 매력이고 보물인가요?

옷과 장식품을 예로 들어 봅시다. 옷과 장식품을 몸에 걸치는 것이 매력적이며 쾌락을 동반한다는 것은 확실하겠지요. 하지만 옷과 장식품이 그 자체로 아름다운가요? 방에 혼자 있을 때, 그 옷을 걸치는 것과 다른 옷을 걸치는 것에 차이가 있나요?

특별히 남에게 보이지 않아도 옷은 그 자체로 즐거움을 준다고 대답할지도 모르겠습니다. 그런 감각은 저도 이해합니다. 저도 옷이나 시계를 좋아하니까요. 마음에 드는 시계를 손목에 차는 것 자체가 타인의 시선과 상관없이 즐겁다는 것은 이해합니다.

하지만 자신만의 즐거움 속에 타인의 존재는 완전히 없는 걸까요? 확실히 거기에는 좋아하는 시계를 찬 자신을 바라보는 타인으로서의 자신이 있습니다. 나아가 그 타인은 결코 또 하나의 똑같은 자신이 아닙니다. 세상과 사회 쪽에 서서 자신을 바라보는 타인입니다. 따라서 그곳에는, 다시 말해 시계를 차고 즐거워하는 자기 안에는 타인과의 대화가 숨어 있습니다. 좋아하는 시계를 찬다는 즐거움 속에는 호의적으로 부풀려진 자기 이미지와의 대화가 있습니다.

모든 즐거움에는 부수적으로 이런 대화가 있는 것 아닐까요? 즐거움은 이 대화와 맞물려서 깊어져 갑니다. 결국 세상과 타인과의 대화가 깊으면 깊을수록 즐거움은 더해집니다. 당신의 섬세한 취미와 옷차림을 알아봐 주는 상대방과 이야기하면 패션의 즐거움이 채워질 뿐만 아니라 보람되고 활기찬 일상을 맞이할 수 있습니다.

이성에 대해서도 마찬가지입니다. 연인과 둘만 있는 것이 좋아서 친구에게 소개도 하지 않는 사람들이 있는 것 같은데, 《트리스탄과 이졸데》(중세 음유시인들의 노래로 전해진 켈트 족의 전설. 금지된 사랑을 나누다 죽음에 이른 트리스탄과 이졸데의 이야기다.—옮긴이 주) 같은 결말을 향해 나아갈 것이 아니라면 언젠가는 권태로워질 것입니다. 연인과의 관계 역시 두 사람을 한 팀으로 받아들여 그 존재에 관심을 가져 주거나 이야기할 상대가 있어야 비로소 충만해집니다.

애정이나 신뢰 관계도 다르지 않습니다. 애정은 독선적이어서는 안 된다고들 하는데 많은 사람들이 그 의미를 잘못 파악하고 있습니다. 무슨 까닭인지 몰라도 독선적이어서는 안 된다는 말을 멋대로 하면 안 된다는 의미로 받아들이고 맙니다. 멋대로 해도 괜찮습니다. 원래 사랑이란 건 제멋대로입니다.

중요한 것은 자신의 에고이즘egoism을 상대방을 위해서라고 생각하지 말고, 에고ego를 제대로 인식한 뒤 자신의 행동과 신념을 상대방에게 확실히 전달하려고 노력하는 일입니다. 동시에 상대방의 반응에 귀를 기울이고 집중하는 일입니다.

애정이나 신뢰는 결코 변하지 않는 맹세도 아니고 독백도 아닙니다. 매일 새롭게 말로 표현해야만 하는 대화입니다.